宗璞 著

中国短经典

你是谁？

人民文学出版社

图书在版编目(CIP)数据

你是谁?/宗璞著.—北京：人民文学出版社，
2018
(中国短经典)
ISBN 978-7-02-014240-8

Ⅰ.①你… Ⅱ.①宗… Ⅲ.①短篇小说-小说集-中国-当代 Ⅳ.①I247.7

中国版本图书馆 CIP 数据核字(2018)第 087141 号

责任编辑　卜艳冰　杜玉花
装帧设计　高静芳
封面绘画　胡　言

出版发行	人民文学出版社
社　　址	北京市朝内大街 166 号
邮政编码	100705
网　　址	http://www.RW-cn.com
印　　制	上海利丰雅高印刷有限公司
经　　销	全国新华书店等
字　　数	135 千字
开　　本	890 毫米×1240 毫米　1/32
印　　张	7.25
版　　次	2018 年 9 月北京第 1 版
印　　次	2018 年 9 月第 1 次印刷
书　　号	978-7-02-014240-8
定　　价	49.90 元

如有印装质量问题，请与图书销售中心调换。电话：010 - 65233595

目录

琥珀手串	001
惚恍小说	011
你是谁？	031
她是谁	037
彼岸三则	047
甲鱼的正剧	057
长相思	067
勿念我	085
朱颜长好	101
蜗 居	119
泥沼中的头颅	133
鲁 鲁	145
米家山水	165
红 豆	185

琥珀手串

祝小凤当护工已经六七年了，照顾的大多是老太太。照顾一段时间便送她们离开，有的从前门出，有的从后门出，家属们便有的欢喜，有的悲伤，祝小凤也看惯了。他们付给报酬时，有的慷慨，有的吝啬。最初她很在乎，常要争执几句，后来有了些积蓄，大方起来，多几个，少几个，不以为意。护士们说她是个明白人。她做事细心，又手脚麻利，是上等的护工。

这一次，祝小凤照顾的这位老太太，姓林，病似乎并不很重，不需要很多服侍，对祝小凤倒很关心，叫她小祝，常把人家送的东西分给她。来看林老太的人很多。不久小祝知道，其实老太太只有一个女儿，在一家大公司做事，是个金领，人称林总，母女相依为命。女儿差不多天天派人送东西来，送各种花、各种吃食。有一天送来两双棉鞋，一双黑的上面有红花，一双紫红的上面有黑花。祝小凤不知道这鞋在医院里有什么用处,却很感动,说:"奶奶福气真好。"林老太微笑着叹气,摇了摇头。

林老太这种表情,很平淡,又很深沉。祝小凤总觉得她和别人有些不同,不大像个老人,倒有几分淘气,会有些不一般的主意。其实人在病床上,那已经是大打折扣了。有人送来一只玩具青蛙,会从房间这一头跳到那一头,每次落地都发出清脆的响声,林老太看得很开心。祝小凤觉得,老了老了的,还喜欢玩具,这又是一种福分。

祝小凤说老太太有福气,心里最羡慕的是那女儿,年纪和小祝差不多。她除了派司机、秘书和手下人给母亲送东西,自己也常来,但是从不和林老太讨论病情和治疗方案,也许在医生办公室谈过了。所以小祝只知林老太心脏不好,始终不知得的是什么病。她也不需要研究,病人得什么病,跟祝小凤关系并不大,她只需要做好照看病人的工作。她更关心的是林总的衣着,那是千变万化的。有时毛衣上开几个洞,像是怕风钻不进去;有时靴子上挂两个球,走起来嘀里嗒拉乱甩。跟着她的人(那是少不了的)对老太太说:"林总在各种场合出现,报道中总少不了介绍她的服装。"老太太又是叹口气,摇摇头。

这一天,林总捧着一束花来了,花很鲜艳,说是刚从云南运来的。她穿了一件黑毛衣,完整的,没有窟窿,下面是红皮裙。胸前一件蜜色挂坠,非常光润,手上戴了同样颜色的手串，随意套在毛衣袖子外面，发着一圈幽幽的光。小凤只觉得好看，不知道是什么材料。林老太看着女儿说："今天穿得还算正规，黄和黑这两种颜色相配，很典雅。"女儿便把手串褪下来，放在母亲手里，让她摸一摸，说："这叫蜜蜡，琥珀中的上品，做工也好。"林老太随手摸了摸，仍给女儿戴上，说："戴首饰越简单越好。好在你倒不喜欢这些东西。"

林总说了几句话，大都是怎么忙怎么忙，随即一阵风似的走了。祝小凤照顾林老太吃晚饭，餐桌上有鱼，那是营养师提醒病人食用的。小凤仔细挑去鱼刺，问了一句："琥珀很贵吗？"老太说："要看质地……"说着便呛咳起来。祝小凤忙倒水捶背，不敢再多话。

过了几天，祝小凤的丈夫来看她。他在家里守着穷山沟，全靠妻子挣钱送儿子上了高中。每到冬天，如果小凤不回家，他总是进城来看望，给她带点家乡的土产吃食，这回是几包酸枣干和苎麻籽，小镇上加工制作的，前几年还没有这种技术。因为要给儿子买一件棉外衣，他们去了一处以批发价格零售的市场。外面北风呼啸，紧压着屋顶和墙壁，冷风直透进来。两人在市场里转了几圈，买好了东西，随意走着，忽然看到一个小摊，卖那种五颜六色、七零八碎的小玩意儿。祝小凤站住了，她的目光落在一件饰物上，那俨然是一件琥珀手串。她拿起手串，摸了又摸，看了又看，看不出和林总的有什么不一样，几次放下，又拿起来。"想买吗？"丈夫问。"谁花这闲钱！"小凤说，手里仍拿着那手串。丈夫很解人意，和摊主讨价还价，花了五块钱，把手串买下了。小凤明知这钱是自己挣的，心里还是漾过一阵暖意。她收好手串，和丈夫随意走进一家小面馆，要了两碗面，一边吃，一边说着闲话。她说："隔壁病房的病人要出院了，要去海南疗养。听说那边也要护工。"丈夫说："那么远，别想了。"

祝小凤一路摸着那手串，觉得很满足。回到医院，小凤把家乡的酸枣干和苎麻籽送给林老太分享。老太特别戴上假牙品尝，说："原来苎麻籽也可以吃，而且这样香脆。"小凤又指着手腕上的手串，请林老太猜值多少钱。老太说："做得真像。十块？二十块？"小凤道："您出这个价，我卖给您。"两人都笑了。

晚饭后，护工们在一起，自然而然就议论小凤新戴的手串。一个说，一看就是假的，玻璃珠子罢了。另一个说，别看是假的，做得真像呢。又一个说，管他真的假的，好看就行。

晚上，林总来了，祝小凤又把自己的手串请她过目。恰好这天林总又戴了她的琥珀手串，套在一件烟色薄绒衣外面。林老太忽然说："小凤这么喜欢这样的手串，你们两个换着戴几天。"女儿笑着说："妈妈总有些新奇的主意。"便把手串褪下来，小凤不敢接，林总说："换着戴吧，怕什么，只要妈妈高兴。"说着，把手串放在桌上。小凤便也把自己那串放在桌上，说："听老太太的。"取了林总那串，戴上，退出去了，好让母女说话。

　　林老太拿起祝小凤的手串，端详着说："真像，只是光泽不一样，在行的人还是一眼就会看出来的。"递给女儿说："收好了，别弄丢了，要还给人家的。"她见女儿戴上了手串，心中宽慰，暗想，女儿一点儿不矫情，也随和，不会说自己戴过的东西，不准别人戴。林总拿着一个手机，说着话，皮包里另一个手机在响。她看看来电号码，简捷明快地吩咐几句，结束了这个通话，拿起响着的手机，便完全是另一种口气，很委婉地安排了什么事情。林老太看着女儿，不由得叹道："东西戴在你手上，假的也是真的。"说着又摇了摇头。

　　林总出了医院，回到公司。加夜班在她是常事。她站在自己公司的电梯前，伸手去按电钮，从薄呢披肩下露出那手串。另一部电梯门口，两个衣着入时的女士低声议论，一个说："瞧人家林总戴的手串，大概是琥珀吧。"另一个很在行的样子，说："她戴的不是波罗的海的，也是印度的。"其实这一位连手串也没看见，那一位也只有模糊的感觉。林总心里暗笑，回到办公室，随手把手串扔在桌旁几上。次日，一个半熟不熟求林总办事的人来，见了说："这么贵重的东西，就丢在这里。"回去物色了一个精致的盒子送过来，说："好东西要有好穿戴，原来一定有的，添一个是我尽心。"秘书收了盒子，林总瞥了一眼，心想，可以给妈妈看，证明她的话。

　　祝小凤戴上真的琥珀手串，有些飘飘然，很想让伙伴们知道，这一回戴的不是假东西。大家在配膳室，端着饭盒吃饭。她把手腕举到这个面前、那个面前，等待赞美。大家又发议论，这回意见很一致，总结出来是：戴在你身上，真的也是假的，没人相信它是真的。祝小凤有些沮丧。正好护士长来了，看着祝小凤戴的手串说："呀，这么好看的东西！"祝小凤觉得遇到了知音，抬起手让护士长看。不料她说："做得真像，多贵重似的。这种有机玻璃最唬人了，你倒是好眼光，会挑。"祝小凤说："你仔细看看，这是真的呀！"护士长笑着说："戴在你身上，真的也是假的。"

林总去美国出差，几天没有来医院，病房里很平静。祝小凤把众人对手串的反应说给林老太。老太神情漠然，似乎不大记得这事了。这天中午，林总打电话说，正在去机场的路上，深夜才到，明天再去医院。老太含混地答应着。那边说听不清楚，老太便用力说："好。"声音很大，把小凤吓了一跳。电话断了，不久又来了，还是林总问妈妈好。老太说："你放心。"又说了一句，似乎是我不放心。那边嘱咐了几句，挂了电话。以后老太一直有些呆呆的。傍晚时分，忽然问祝小凤会唱什么歌。小凤说："原来在家里也喜欢唱的，现在都忘了。"其实，林老太最想听的是一首英文歌，这里的人是帮不上忙的。她也不再问，一直到入睡，没有说话。

凌晨时分，祝小凤听到林老太哼了几声，没有在意。等她起来梳洗后，见老太太没有动静，过去看时，见她双目微阖，神态安详，叫了几声都不应，似乎已经停止了呼吸。

祝小凤惊得魂飞魄散，她急忙打铃，又跑出病房去叫人。医生和护士都来了，医生做了检查，在床前站了片刻，轻轻拉上了白被单。很快，林总来了。她俯身抱住母亲良久，跟来的人将她扶起，只见被单湿了一大片。祝小凤觉得林总很委屈，为什么不大声哭出来？也许，她们这样的人是不会大声哭的。接着又来了许多人。没有人责备祝小凤，生死大限谁也拗不过的。

祝小凤很难过。她做护工这些年，照顾过许多病人，还没有见过这样的，这样安静，这样省事，没有上呼吸机，没有切开气管，没有在身上插满管子，没人打扰，干净利落，静悄悄地离开了这个世界。其实这也是一种福分，她想着，叹了一口气。

过了几天，祝小凤想起她拿着林总的真琥珀手串，应该去把自己的那个换回来。她不愿意用自己不值钱的东西去换别人值钱的东西，而且她的手串是丈夫给她买的。

她向护士台打听了林总的公司，请了假。找一张干净纸，包了那手串，出了医院，上车下车，到了林总的公司。等着见林总的人在她的办公室外排成队，和医院候诊室差不多。秘书通报后，祝小凤很快进去了。听她说明了来意，林总从一个抽屉里拿出那精致的盒子，打开，递给她。祝小凤将纸包递过去，一面去取盒子里的手串。林总按住盒子，向前推了推，示意祝小凤连盒子收下。她戴上自己的真琥珀手串，喃喃道："妈妈说这样很好看。"林总明亮的眼睛里装满了泪，一大滴落在衣服上。那天她穿了一身黑衣服。

祝小凤装好盒子，要走。林总说等一等，从身边的黑皮包里拿出一沓钱，递过去，轻声说："最后是你陪在妈妈身边，谢谢你，打车回去吧。"祝小凤踌躇了一下，接过钱，心想，这足够到海南几个来回了。

祝小凤走在街上，抬头想寻找属于林总的那一扇窗，但窗户都一样的漂亮，一样的气派，她分不清楚，她甚至不记得刚才上的是第几层楼。风很大很冷，树枝都弯着，显得很瑟缩。一辆出租车驶过，她摸了摸背包，还是没有打车的决心，顶着风一直走到地铁站口。

时间流逝，医院一切如常。许多人来住过，有人从前门出，有人从后门出。祝小凤的生活也如常，送走旧病人，迎接新病人。她把手串连同盒子放在箱子里，再想到它取出来戴时，已是次年春暮了。这时，她的病人仍是一位女老人，见了说好看。祝小凤故意说："这是琥珀手串。"女老人疑惑地打量着她，慢慢地说："假的吧？"

原载《上海文学》2011年第4期

惚恍小说

董师傅游湖

董师傅在一所大学里做木匠已经二十几年了,做起活儿来得心应手,若让那些教师们来说,已经超乎技而近乎道了。他在校园里各处修理门窗,无论是教学楼、办公楼、教师住宅或学生宿舍,都有他的业绩。在一座新造的仿古建筑上,还有他做的几扇雕花窗户,雕刻十分精致,那是他的杰作。

董师傅精通木匠活儿,也对校园里的山水草木很是熟悉。若是有人了解他的知识,可能会聘他为业余园林鉴赏家,其实他自己也不了解。一年年花开花落,人去人来;教师住宅里老的一个个走了,学生宿舍里小的一拨拨来了。董师傅见的多了,也没有什么特别感慨的。家里妻儿都很平安,挣的钱足够用了，日子过得很平静。

校园里有一个不大的湖，绿柳垂岸，柳丝牵引着湖水，湖水清澈，游鱼可见。董师傅每晚收拾好木工家具，便来湖边大石上闲坐，点上一支烟，心静如水，十分自在。

不知为什么，学校里的人越来越多，校园渐向公园靠拢。每逢节日，湖上亭榭挂满彩灯，游人如织。一个"五一"节，董师傅有一天假，他傍晚便来到湖边，看远处楼后夕阳西下，天渐渐暗下来。周围建筑物上的彩灯突然一下子都亮起来，照得湖水通明。他最喜欢那座塔，一层层灯光勾勒出塔身的线条；他常看月亮从塔边树丛间升起，这时月亮却看不见。也许日子不对，也许灯太亮了。他并不多想，也不期望。他无所谓。

有人轻声叫他，是前日做活儿那家的女工，是他的大同乡，名唤小翠。她怯怯地说："奶奶说我可以出来走走，现在我走不回去了。"董师傅忙灭了烟，站起身说："我送你回去。"想一想，又说，"你看过了吗？"小翠仍怯怯地说："什么也没看见，只顾看路了。"董师傅一笑，领着小翠在熙攘的人群中沿着湖边走，走到一座小桥上，指点说："从这里看塔的倒影最好。"通体发光的塔，在水里也发着光。小翠惊呼道："还有一条大鱼呢！"那是一条石鱼，随着水波荡漾，似乎在光晖中跳动。又走过一座亭子，那是一座亭桥，从亭中可以环顾四周美景。远岸丁香、连翘在灯光下更加似雪如金，近岸海棠正在盛期，粉嘟嘟的花朵挤满枝头，好不热闹。亭中有几副楹联，他们并不研究。董师傅又介绍了几个景点，转过山坡，走到那座仿古建筑前，特别介绍了自己的创作——雕花窗户。小翠一路赞叹不已，对雕花窗户没有评论。董师傅也不在意，只说："不用多久，你就惯了，就是这地方的熟人了。大家都是这样的。"他顿了一顿，又说："可惜的是，有些人整天对着这湖、这树，倒不觉得好看了。"

两人走到校门口，董师傅在一个小摊上买了两根冰棍。两人举着冰棍，慢慢走。一个卖花的女孩跑过来，向他们看了看，转身去找别人了。不多时，小翠说她认得路了。董师傅叮嘱小翠，冰棍的木棒不要随地扔，自己转身慢慢向住处走去。他很快乐。

打球人与拾球

大片的开阔的青草地，绿茸茸的，一直伸展开去。远处树林后面，可以看见蜿蜒的青山。太阳正从青山背后升起，把初夏的温和的光洒向这个高尔夫球场。

谢大为的车停在球场门前。门旁站着几个球童，排首的一个抢步过来，站在车尾后备箱前，等谢大为打开后备箱，熟练地取出球包，提进门去。谢大为泊好车，从另一个入口进去，见球包已经在自己的场地上。球童站在旁边，问他是不是先打练习场。

这球童十五六岁，生得很齐整，头发漆黑，眼睛明亮。"你是新来的？"谢大为问。他平常是不和球童说话的。

"来了两个多月了。"球童垂手有礼地回答。

谢大为一想，果然自己两个多月没打球了。事情太多，便是今天，也是约了人谈生意。

已经有几个人在练球，白色的球在空中划出一道道抛物线。谢大为的球也加入其中，映着蓝天，飞起又坠落。不到半小时，满地都是球，白花花一片。拾球车来了，把球撮起。谢大为的球打完了，球童又送来一筐。谢大为说他要休息一下，等约的人来，一起下场。来人已不年轻，要用辆小车。

"我给您开车。"球童机灵地说。这球童姓卫，便是小卫。他们一般都被称为小这小那，名字很少出现。

谢大为靠在椅背上，看着眼前的青草地。地面略有起伏，似乎与远山相呼应。轻风吹过，带来阵阵草香。侍者送来饮料单，他随意指了一种，慢慢啜着，想着打球时要说的话。

饮料喝完了，他起身走到门口。来了几辆车，不是他要等的人。也许是因为烦躁，也许是因为太阳已经升得很高，有些热了。又等了一阵，还是不见踪影。谢大为悻悻地想，架子真大。这一环节不能谈妥，下面的环节怎么办？也许这时正在路上？

手机响了，约的人说临时有要事，不能来了。显然，谢大为的约会还不够重要。谢大为愤愤地关了手机。

小卫在旁说，那边有几位先生正要下场，要不要和他们一起打？

谢大为看着小卫，心想，这少年是个精明人，将来不知会在哪一行建功立业，也许在这纷扰的社会中，早早就被甩出去，都很难说。

"好的，这是个好主意。"谢大为说着，向那几位球友走去。小卫跟着低声问："车不用了吧？"谢大为很高兴。在小卫眼里，他还身强力壮，不需要车。球友们欢迎他，其中一位女士说，常在报上看到他的名字和照片。

他轻易地打进了第一个洞，再往下就落后了，越打越心不在焉，总想着本来要在球场上谈的题目。这题不做，晚上的饭局上谈什么？他把球一次次打飞，他的伙伴诧异地瞪了他几眼。小卫奔跑捡球，满脸是汗。

"呀！"谢大为叫了一声，在一个缓坡上趔趄了一下，他不留神崴了脚。照说，球场上青草如茵，怎会崴脚。可是他的脚竟伤了。小卫跑过来扶他，满脸关切。小车很快过来了，他被扶上车，几个人簇拥着向屋中去。谢大为足踝处火辣辣地痛，但心中有几分安慰。晚上的饭局可以取消了，题目可以一个个向后移了。他本可以有几十个借口取消那饭局，现在的局面是最好的借口，尤其是对他自己。

小卫扶他坐在酒吧里，问他要不要用酒擦。谢大为问："有没有二锅头？"酒童说："只有两百八拾元的。"谢大为不在意地说："就用这个。"侍者取来，小心地斟出一杯。小卫帮他脱去鞋袜，见脚面已经红肿了。小卫把酒倒在手心，在脚面轻轻揉搓。

"真对不起！"球场经理小跑着赶过来，赔笑道："已经叫人去检查场地了。先生的卡呢？今天的费用就不能收了。"说话时搓着两手，这动作是他新学的，他觉得很洋气。

谢大为只看着那酒瓶。经理敏捷地说，这瓶酒当然也不收费。谢大为慢慢地说："不要紧的，是我自己不小心。"经理对小卫说："轻一点。"又对谢大为说："能踩闸吗？多休息一会吧？"

谢大为离开时，给了小卫三张纸。小卫扶他上车，又把球包和酒瓶都放好，目送车子离去。

小卫很满意这一天的收入，他要寄两百元给母亲，并给妹妹买一本汉语字典。

稻草垛咖啡馆

阿虎是小名，叫阿虎便有一些希望他做大事的意思。因为不是阿狗阿猫，是虎。阿虎曾经在一家名气很大的公司工作，并任本地区分公司总经理。他很聪明，经营有术，生意发达，很得领导层的重视。都传说他要高升了，升作集团中更高的职务，便有那相熟的人准备下庆祝宴会。可是出乎人们意料，他不但拒绝高升，连本来的位置也辞掉了，害得大家好不扫兴。

过了些时，一个街角出现了一家小咖啡馆。进门处有一幅大画，画着大大小小的稻草垛，这就是咖啡馆的名字，让人想起阳光和收获，似乎还有些稻草的香味，混杂在浓郁的咖啡香味里。

阿虎的大名叫雷青虎，妻子闪白凤是个心高气傲的女子，她可不是容易改变生活方式的。为了阿虎要换工作，他们已经讨论了几年，两人甚至准备分道扬镳，迟延不决是因为五岁的儿子不好安排。白凤说："我们总不能跟着你喝西北风吧。"

几个月前，公司的一位高层管理人员在办公室猝死。有人说是自杀，有人说是他杀，总之他突然离开了这个世界。大家把这事谈论了许久，慢慢淡忘了，却为阿虎的主张增加了砝码。白凤一时深感人生无常，不再需要劝说，便随他离开高楼，到街角开了这家咖啡馆。

他们离开了大公司的勾心斗角，那里每个人身上都像长满了刺，每个人都必须披盔戴甲。小咖啡店就自由多了。他们还烤面包，做糕点，也做一些简单的菜肴，不久这稻草垛就出了名。

"拿铁咖啡，大杯的，一份鹅肝酱。"

"来一份黑森林蛋糕。"

常有人下班后在这里吃点什么，看看街角的梧桐树。如遇细雨霏霏，便会坐得很久。有些顾客是阿虎从前的同事，他们说："你的咖啡馆眼看又兴旺起来了，还不开个连锁店？你是个能成功的人，要超星巴克，谁也挡不住。"

阿虎笑笑，说："成功几个子儿一斤？人不就是一个身子、一个肚子吗？"他记得小时父亲常说，鹪鸟巢林，不过一只；鼹鼠饮河，不过满腹。不过他不对旧同事说这些，说了他们也不懂。

阿虎的父亲是三家村的教书先生，会背几段《论语》、几篇《庄子》。不过几千字的文章，他不但自己受用，还教育儿子，乡民也跟着心平气和。阿虎所知不过几百字，常想到的也不过几十字，却能让他知道人生的快乐，不和钱袋成正比。

白凤没有这点哲学根底，对阿虎不肯扩大再生产，心里不以为然，说阿虎不求上进，两人不时闹些小别扭。阿虎就引导太太发展业余爱好，有时关了小店和太太到处逛，一次甚至到巴西踢了一场足球，不是看，是踢。

一个初秋的黄昏，空中飘着细雨，店里人很少，两个帮手都没有来，店中只有阿虎一人照料。一个老年人扶着拐杖走进来，拐杖是那种有四个爪的。他也许中风过，走路有些不便，神态依然安闲。他是小店的常客，似乎住得不远，从来不多说话。他照例临窗坐了，盼咐一杯咖啡。他的咖啡总是要现磨的，阿虎总愿意亲自做。他先递上报纸，转身去做咖啡。咖啡的香味弥漫在小店中，阿虎常觉得，这香味给小店染上了一层咖啡色，典雅而又温柔。

咖啡送到老人手中，老人啜了一口，满意地望着窗外。雨中的梧桐树叶子闪闪发亮，可能有风，两片叶子轻轻飘落，飘得很慢。老人忽然大声说："树叶落了。又一次落叶了。"阿虎一怔，马上明白，这是老人自语，不必搭话。

这时门外走进一位瘦削的女子，衣着新式，都是名牌。阿虎认得，这是一家大公司的副总，从没有来过，忙上前招呼。女子挑了一张靠近街角的桌子坐了，要了一杯卡布其诺咖啡，笑笑说："早就听说你这家店了，果然不错，一进门的稻草垛就不同寻常。"阿虎见她容颜很是憔悴。记得有一次大型活动，她穿了一件带银白毛皮领的淡紫色衣裙，代表公司讲话，赢得不少赞叹，阿虎也在场。在生意场中，这位副总的精明能干、美貌出众是人人皆知的，现在分明老了许多。阿虎微叹道："大家还是那么忙？歇一会儿吧。"送上一碟松子，自去调制咖啡。

女子不在意地打量店内陈设，看到窗前坐着的老人，有些诧异。略踌躇后，站起身，向老人走去。老人还在看着窗外的梧桐树，也许在等下一片叶子的飘落。

"您是——"女子说出老人的名字。

老人转过目光，定定地看着女子，过了一分钟，有礼貌地说："你认得我？"

女子微笑道："二十年前，我曾给您献过花。前年我们组织论坛，您还有一次精彩的演讲。"

老人神情木然，过去的事物离他已经很遥远了。

女子又说："您不会记得我。"随即说出自己的名字，又粲然一笑，似乎在笑自己的报名。

名字对老人没有作用，那笑容却勾起一张图片。

他迷惘地看着女子，眼前浮出一个可爱的小姑娘，光亮的黑发向后梳成一根单辫，把一束鲜花递给他，转身就走，跑下台阶，却又回头，向他一笑。

过了十年，有一次论文答辩，一位要毕业的女学生和评委们激烈辩论，是他最后做出裁决。那位女学生也是这样粲然一笑说，曾给他献过花。他记起她的笑容，不觉说，你长大了。

又是十年，他不大记得那次论坛。他的脑海的装载已经太多了。

他接受过许多献花，也参加过多次论文答辩。现在印象都已经模糊了。这几次重叠的笑容，勾起了他脑中发黄的图片，过几天又可能消失了。

眼前的女子已经不是水灵的小姑娘、大姑娘，而是一副精力透支、紧张疲惫的模样，擦多少层各种高价面霜也遮掩不住。他如果说话，就会说："你变老了。"也许他见到的和他想到的并不是同一个人。

女子坐在老人对面，忽然倾诉说："我太累了，真没有意思。"稍顿了一下，又说："你看见水车吗？水车在转，那水斗是不能停的，只能到规定的地方把水倒出来。水倒空了，也就完了，再打的水就是别人的了。"

老人神情木然，手脚忽然颤动了一下。阿虎端了咖啡来，听见这段话，心头也颤了一下。

"我会老的。"女子对老人说。看着那满头白发，心里想："像你一样。"

"也会死的，"阿虎心想，"我们都会死。"

阿虎回到操作间，见白凤正站着发呆。她从后门进来，听见客人谈话。

"我想你是对的。"她对阿虎说。

雨丝还是轻轻飘着，阿虎主动端了一杯咖啡，放在女子面前，说："请你。"女子喝着，不再说话。

老人默坐，又聚精会神地看着梧桐树。又一片叶子落了。

客人走了，阿虎两人心里都闷闷的，提早关了店门。迎门挂着那幅招牌画，一个大大的稻草垛，这是他们的靠山，他们不需要再多了。

不久又有消息，说这条街的房屋都要拆了，要建一座大厦。他们可能还得回到楼底，找一个角落开一家小店讨生活。店名还叫稻草垛。

画　痕

大雪纷纷扬扬,大片的雪花一片接着一片往下落,把整个天空都塞满了。这城市好几年没有这样大的雪了。

逯冬从公共汽车上下来,走进雪的世界。他被雪裹住了,无暇欣赏雪景,很快走进一座大厦,进了观景电梯。这时看着飞扬的雪花,雪向下落,人向上升,有些飘飘然。他坐到顶,想感受一下随着雪花向下落的感觉,便又乘电梯向下。迷茫的雪把这城市盖住了。逯冬凑近玻璃窗,仔细看那白雪勾勒出的建筑的轮廓,中途几次有人上下,他都不大觉得,只看见那纷纷扬扬的雪。电梯再上,他转过身,想着要去应试的场面和问题。他是一个很普通的计算机工程师,因母丧,回南方小城去了几个月,回来后原来的职位被人占了,只好另谋出路。现在来这家公司应试。电梯停下了,他随着几个人走出电梯。

这是一个大厅,很温暖。许多人穿着整齐,大声说笑,一点不像准备应试的样子。有几个人好奇地打量逯冬,逯冬也好奇地打量这大厅和这些人。他很快发现自己走错了地方,他要去二十八层,而这里是二十六层。他抱歉地对那些陌生人点点头,正要退出,一个似乎熟识的声音招呼他:"逯冬,你也来了。"这是老同学大何。大何胖胖的,穿一身咖啡色西服,打浅色领带,笑眯眯有几分得意地望着逯冬。"你来看字画吗?

是要买吗？"逯冬记起，听说大何进了拍卖这一行，日子过得不错，是同学里的发达人家。

"我走错了。提早出了电梯。"逯冬老实地说。

"来这里都是有请柬的，不能随便来。"大何也老实地说，"不过，你既然来了何不看看。我记得你好像和字画有些关系。"

大何所说的关系是指逯冬的母亲是位画家，同学们都知道的。大何又加一句："你对字画也很爱好，有点研究。"这也是同学们都知道的。

逯冬不想告诉他，母亲已于两个月前逝世，只苦笑道："我现在领会了，艺术都是吃饱了以后干的活儿。"

大何请逯冬脱去大衣，又指一指存衣处。逯冬脱了大衣，因想着随时撤退，只搭在手上。他为应试穿着灰色无扣西服上装，看去也还精神。他们走进一道木雕槅扇，里面便是展厅了。有几个人拿着拍卖公司印刷的展品介绍，对着展品翻看。大何想给逯冬一本介绍，又想，他反正不会买的，不必给他。逯冬并不在意，只顾看那些展品。因前两天已经预展过了，现在观众并不多。他先看见一幅王铎的字，他不喜欢王铎的字。又看见一幅文徵明的青绿山水，再旁边是董其昌《葑径访古图》的临摹本，似是一幅雪景。他往窗外去看雪，雪还在下，舒缓多了，好像一段音乐变了慢板。又回头看画，这画不能表现雪的舒缓姿态，还不算好。他想着，自嘲大胆，也许画的不是雪景呢。遂想问一问，这是不是雪景，"葑"到底是什么植物，以前似乎听母亲说过这个字，也许说的就是这幅画，可是"葑"究竟什么样子？近几年，还有个小说中的人物叫什么葑。大何已经走开，他无人商讨，只好又继续看。还是董其昌的字，一幅行书，十分飘逸。他本来就喜欢董字，后来知道"读万卷书，行万里路"这八个字是董其昌说的，觉得这位古人更加亲切。旁边有人低声说话，一个问："几点了？"他忽然想起了应试，看看表，已经太晚了，好在明天还有一天，索性看下去。董其昌旁边挂着米友仁的字，米家，他的脑海里浮起米芾等一连串名字，脚步已经走到近代作品展区，一幅立轴山水使他大吃一惊，这画面他很熟悉，他曾多次在那云山中遨游，多次出入那松林小径。云山松径都笼罩着雪意，那似乎是活动的，他现在也立刻感觉到雪的飞扬和飘落。这幅画名《云山雪意图》，署名米莲予，当他看到作者的名字时，倒不觉得惊奇了。米莲予就是他不久前去世的母亲。

逯冬如果留心艺术市场，就会知道近来米莲予的画大幅升值，她的父亲米颛的字画也为人关注。近一期艺术市场报上便有大字标题：米家父女炙手可热。可能因为米莲予已去世，可是报上并没有她去世的消息。米莲予的画旁便是米颛的一幅行书。逯冬脑子里塞满了记忆的片段，眼前倒觉模糊了。

他记得儿时的玩具是许多废纸，那是母亲的画稿，她常常画了许多张，只取一两张。他儿时的游戏也常是在纸上涂抹。逯冬的涂抹并没有使他成为艺术家。米家的艺术细胞到他这里终止了。他随大流学了计算机专业，编软件还算有些想象力。有人会因为他的母系，多看他两眼。因为外祖父一家好几代都和字画有不解之缘。母亲因这看不见的关系，"文革"中吃尽苦头。后来又因这看不见的关系被人刮目相看，连她自己的画都被抬高了。喜欢名人似乎是社会的乐趣。米莲予并不在乎这些，她只要好好地画。她的画大都赠给她所任教的美术学校，这幅《云山雪意图》曾在学校的礼堂展览过，有的画随手就送人了，家里存放不多。

"看见吗？"大何不知何时走到他身边，"你看看这价钱！"逯冬看去，仔细数着数字后面的零：一万两千，十二万，最后弄清是一百二十万。大何用埋怨的口气说："这些画，你怎么没有收好？"逯冬不知怎样回答。母亲似乎从没有想到精神的财富会变成物质的财富。事物变化总是很奇妙的。他又看旁边米颢的行书，这是一个条幅，笔法刚劲有力，好几个字都不认得，他们这一代人是没有什么文化的。他念了几遍，记住两句：只得绿一点，春风不在多。

大何又来评论，"这是你的外祖父？近人的画没有，祖上总会留下几幅吧。"逯冬摇头，"文革"中早被人抄走了，也许已经卖到不知什么地方去了。他想，却没有说。

拍卖要开场了，大何引他又走过一道槅扇，里面有一排排坐椅。有些人坐在那里，手里都拿着一个木牌。大何指给他一个座位，人声喁喁的，逐渐低落。一个人简单讲话后，开始拍卖。最先是一副民初学者写的对联。起价不高，却无人应，主持人连问三次，没有卖出。接下来是一幅画，又是一幅字，拍卖场逐渐活跃。他看见竞拍人举起木牌，大声报价，每次报价都在人群中引起轻微的波动。又听见锤子咚地一敲，那幅字或画就易手了。轮到米莲予的那幅《云山雪意图》时，逯冬有几分紧张。母亲的画是母亲的命，一点点从笔尖上流出来的命，现在在这里拍卖，他觉得简直不可思议。

"一百二十五！"一个人报价，那万字略去了。"一百三十！"又一个人报价。他很想收回母亲的作品，把这亲爱的画挂在陋室中，像它诞生时那样，可是他没有力量，现在还在找工作，无力担当责任。这是他的责任吗？艺术市场是正常的存在，艺术品是属于大家的。

"二百二十！"有人在报价，报价人坐在前面几排，是个瘦瘦的中年人。他用手机和人商量了许久，报出了这个价钱。

场上有轻微的骚动，然后寂然。

"二百二十万！"主持人清楚地再说一遍，没有回应。主持人第三遍复述，没有回应。锤声咚地响了。《云山雪意图》最后以二百二十万的价钱被人买走。

逯冬觉得惘然而又凄然。这真是多余的感觉。他无心再看下面的拍卖，悄然走出会场。大何发觉了，跟了过来，问："感觉怎样？"逯冬苦笑。

"这儿还有一幅呢。"大何指着厅里的一个展柜，引逯冬走过去，一面说："我们用不着多愁善感。"

展柜里平放着几幅小画，尺寸不大。逯冬立刻被其中一幅吸引，那是一片鲜艳的黄色，亮得夺目。这又是一张他十分熟悉的画，母亲画时，他和父亲逯萌在旁边看，黄色似要跳出纸来。"是云南的油菜花，还是新西兰的金雀花？"父亲笑问，他知道她哪儿也没有去过。画面远处有一间小屋，那是逯冬的成绩，十五岁的逯冬正拿着一支自来水笔，不小心滴了一滴墨水在那片黄色上。母亲没有丝毫责怪，又添了几笔，对他一笑，说："气象站。"逯冬看见了作者的名字，米莲予，还有图章，是逯萌刻的。"米莲予"三字带着甲骨文的天真。这图章还在逯冬的书柜里。逯冬叹息，父亲去世过早，没有发挥他全部的学识才智。画边又有一行小字，那是一位熟朋友的姓名。这幅画是送给她的，因为她喜欢。当时这位朋友拿着画，千恩万谢，连说这是她家的传家宝。

"这画已经卖了，五十万元。"大何说。逯冬点点头，向大何致谢，一面穿大衣，走进电梯。

雪已停了，从电梯里望下去是一片白。逯冬走出大厦，在清新的空气中站了一会儿。"明天再来应试。"他想，大步踏着雪花，向公共汽车站走去。

（注：米莲予、逯萌均为作者另一小说《米家山水》中的人物。）

原载《中国作家》2008年第4期

你是谁?

他回到家里，走进卧房，看到一个头发花白的陌生女人坐在窗前的扶手椅上喝茶，很觉奇怪，大声问道："你是谁？"

那女人看着他，满眼都是泪，沉默了一会儿，站起来说："我是董芊，张过你不认得我吗？"

张过冷笑道："你说你是董芊？你以为我不认得她吗？"他指着墙上的照片说："这才是董芊，我和董芊。"那是一张结婚照。那时的张过头发蓬松，面目英俊，身边的董芊披着婚纱，天使一般。这句话，是他当年说过的。"看见了吗？敢来冒充？"

张过很饿，到厨房找了些饼干，又找到了牛奶，自己吃着。董芊不理他，打开衣柜去取衣服。张过跟过来，大声叫道："你敢偷董芊的衣服！"拿起手机打电话报警。董芊知道他会动手，便关了柜门，回到扶手椅坐下。

一会儿，两个警察来了，互相说这场面也不是第一次了。问张过什么事。他说："这个女人要偷董芊的衣服。"

警察劝他道："这就是董芊，她还给你做饭吃呢。"

张过指着墙上另外一张董芊的半身照片，那真是绮年玉貌，说："她才是董芊。"

一个警察说："她老了呀，董芊老了呀。"

另一个警察说："像你一样，你也老了。你看你头发都秃了。"他的头发只剩下周围一圈，中间光秃秃地发亮。

他一拍桌子，说："别啰嗦！你们把董芊赶到哪儿去了？我要去找她！"说着，推开两个警察夺门而出。

屋外是一片大草坪，笼着淡淡的月光，他站在草坪上大声喊："董芊！董芊！你在哪里？"

董芊追出来跟着他跑，也大声叫："张过！张过！我在这里！"她跑得上气不接下气。

张过停止脚步转过头来。他看着眼前满是皱纹的脸，怀疑地、又同情地问："你把董芊藏到哪去了？你是谁？"他想了一想，又大声问："你是谁？"

"我是董芊。"董芊委屈地说，"你是张过，你不知道吗？我们回家吧。"她的声音很低。

张过喝道："你骗人！这世界到处都是骗子！我要去找董芊。"他说着，又向另一个方向跑去。那里不远有一个养老院。月光下有几个老人在乘凉，他们看见张过，问道："你来做什么？"

张过道："我来找我的妻子，她叫董芊。"

董芊也赶到了，说："我就是董芊，对不起，他失去记忆了。"

一个老人道："好啊好啊，什么都忘了才好呢。"

另一位有点绅士模样的老人说："苏格拉底曾经说……哎呀，说什么我忘了。"

又一位老人笑道："可别忘了吃饭。"

沙哑的笑声中夹杂着一两声轻轻的叹息。

张过对董芊说："你不要老跟着我，你是谁？"

养老院的管理员走过来，劝说道："你们回家吧。"

张过看看周围的人，又看看董芊，好像有点明白，迟疑地拉住董芊的手，向他们的家走去。如水的月光倾注在那片草坪上，照出两个老人的身影。

走着走着，张过忽然站住了，猛力推开董芊又向前跑，一面大声喊。这次喊的不是董芊，而是一个追问："你是谁？你是谁？"

张过的声音飘过来，把董芊缠绕住了。董芊很累，但是这个声音拉着她跑。她也要问："你是谁？你是张过吗？"

许多年前她和张过也这样跑过。那时是她在前面跑，张过在后面追。那是呼伦贝尔大草原，月光照着无边际的草原，他们好像在大海上，海浪簇拥着他们。他们跑得很轻快，月光和草原连同那轻快的感觉都过去了,只留下变了形的记忆,还有那永远的追问。

"你是谁?你——是谁?"

她是谁

S城是一座山城,四面环山,城中街道起伏,但路政很好,通向越来越多的新建起的高楼大厦。像任何人类居住的地方一样,城里总不断有各种各样的新闻。新闻的寿命长短不一,有的刚出现就被山风吹散,有的则飘飘摇摇,在大街小巷穿行,好几个月不离开。

城中数一数二的富户,费林先生家里的老照片案就属于后一类。

临近上世纪末,人们不免大生怀旧之思,纷纷翻弄起老照片来,便有幕僚类人物,名唤林费的,向费林进言:"现在暴发户满街拣,可大都没有根底,值什么呢,只有先生您不一样,祖上几代的尚书大学士不说,令尊翁是数一数二的实业家,国家发展史上要记一笔的。只客厅里平常翻翻的相册就很珍贵,何不出个影集,反正资金是不愁的。"费林(人家都说这名字有点像外国人）点头说："正好有人要写我们费家的家族史。弄几张照片，或配在书里，或单出都可以的。"说起费家，各房人丁兴旺，从尚书、大学士、实业家等等发展下来，现在遍布全球。族中最主要人物就是费林，今年七十二岁，千禧龙年是他的本命年。巧的是小孙儿也是一条龙，想来福分不小。

费家的照片从费林的祖父母、父母到子女和各路亲戚，都已印过不少，只没有汇集成书罢了。林费领了任务，兴致勃勃地理好手头的照片，又从旧箱子里取出一摞摞老照片，一张张翻阅，好像在时间的隧道里向回走。费林越来越年轻，再退回去费林没有了，有的是他的父亲。也是随着相片的深入开发而越来越年轻。林费遇见不认识的人便去问，有些人费林也不认识，便不耐烦地说："这么多人谁能都认清，是个人就是了。"

一张照片里留有几位漂亮人物的身影，他们是在游城郊的半壁崖。从山名可以想见，那山颇险峻。大家错落地站着，中心人物是费林的父亲老费先生。他旁边站了一位女子，披着件闪缎披风。大家赞叹：那时的照相技术真不错，瞧这衣服的亮光！只可惜没有颜色。这照片里没有费林的母亲。老费先生的交往必定是很多的，相片中有认识的，也有不认识的。认识的多已去世，还剩一位已有一百多岁，无人敢去打搅，不认识的也无从考究。

在一个发着香味的木箱底层有一个发着香味的木盒子，里面有好几张费林母亲年轻时的照片。有一张穿着宽袖琵琶襟上衣，长裙下露出一点鞋尖，看上去真是风姿绰约。费林让把这一张放大，挂在起居室里。

"还有一张呢。"林费翻过木盒里的最后一张照片。上面是实业家老费先生和一个女子坐在柳荫下的石桌旁，背后是一片水面。老费先生侧身望着水面，那女子以手支颐，凝神望着远处。大家毫不费力便认出她就是在山上披着闪缎披风的那一位。

她是谁？

她不是母亲，不是姑母，也不是族人、表亲或熟识的朋友。她穿着镶边旗袍，双肩盘花扣，袖略宽，想来是那时流行的样子，嘴唇半开，略带笑意，像要说什么。

"这位是谁？"林费问。费林说："没见过。拿出来问问老人。"

于是这张照片传遍了费家相识的家庭。没有人知道她是谁。有些小报记者也来打听。"认出来了吗？""没有认出。"林费回答。

关于这张照片的新闻不胫而走，版本不一。一说那女子是当时一位女诗人，实业家曾和这位女诗人过从甚密。又说是当时一位名媛，和费家交情不错。又说是一位极红的女伶，后来失踪了，始终没有查出下落。

关于和女诗人的交往，小报上登了一篇叫做纪实小说一类的东西，顾名思义是既纪实又虚构的一锅粥。说费老先生欣逢红颜知己，写得颇诗情画意。费林夫人冷笑道："瞧瞧，这就是你们老费家的根底儿。"费林有些恼怒，拿着照片指点说："两人的目光不在一个方向，也许是有人用两张照片重新摆弄的。"夫人端详了片刻也点点头。费林命子侄辈把那作者告上法庭，果然道歉赔款，暂时警戒了一干轻薄文人。女诗人其实在时间隧道的更远处，比老费先生还要年长许多，现在有无后裔不得而知，也只好"身后是非谁管得"了。

名媛家里却不同，一再申辩相片中的人物绝非他们的祖辈。越申辩越张扬，倒让那些不知来由的废话煞有介事地飘摇了一阵子，因为没有落到文字，传一阵也就罢了。

至于说红伶失踪可就让推理小说的读者心头痒痒的，这不是快牵涉到命案了么！是否应该去费府搜查一下？武侠小说的读者接茬儿道：若是能请到一位蹬萍渡水、踏雪无痕的高手到费家房上走一转也好。不过无论怎样人是救不出了，那已经是上个世纪的事了。

吵了好几个月，大家都有些烦了。一次晚餐上费林说："林费的主意，用电脑把这照片给世界亲友们都发过去了，还没有人认出来。"费林夫人捏着筷子，说："就等着编假话的好了。"

此话果有先见之明。不久，有两家拐着七八十来个弯儿的亲戚来了电邮。两家人一户住在阿拉斯加，另一户住在南太平洋的某个小岛上。一家人说，那位女士是他们的祖姑；另一家人说，女士是他们的祖姨。一致的说法是：他们都听老人说过，祖姑或祖姨和老费先生是好朋友，多的就不便说了。他们希望得到一些纪念物。费林得报，吩咐置之不理。

林费有些灰心，说："认不出来还要惹些麻烦，是不是不用认了？"

她是谁？不问了吗？费林不甘心，那女子看来也不是等闲人物，若是重新拼做又为什么？他的心像被什么牵住了似的放不下。他要去问那位一百多岁的老人，照片中他是最年轻的。

经过联系，那府里听说费林的大名不好不见。费林带着林费亲自登门。老人坐在轮椅上，膝上盖着毯子，这是一切耄耋老人的形象。费林得体地问过安，说明来意。经过身边工作人员的大声转达，老人接过那张水边照片，居然把它凑到眼前辨认，浑浊的眼睛里忽然闪出一道亮光。费林相信他认出了。

"不认识。"老人喃喃自语。相片落了下来，他拿不住。

"您不认识？"费林很失望，拿起照片指点着说："那站着的是先父，想请您认认坐着的那位——"

老人睁大眼睛仍然说："不认识。"

费林认为游山的一张有些希望。因为老人身在其间，总该知道有什么人同游。不料老人仔细辨认后，竟说："一个也不认识。"接着沉默片刻，忽然大声说："让他们安息吧！让死去的人安息！"老人眼中又闪出一道亮光，很快就熄灭了。

工作人员低声说，有人拿了旧照片来，其中也有老人自己,他也不认得。费林不由得轻声叹息,没有想到从老人那里也得不到回答。

费林知趣地告退。

林费问:"相册里不收这一张?"

费林做了一个习惯的手势,意思是还要想一想。林费也叹了一口气,说:"过去的事只有当事人明白,要是仙佛能托梦就好了。"

当晚,费林真的做了一个梦,梦见自己站在半壁崖前,山坡上一人冉冉行来,是个女子。费林定睛细看,不禁大吃一惊,见她披着宝蓝色闪缎披风,眉目如画,正是照片中的那个谜。

"您是——?"费林躬身问。

那女子不答,转了一个身,披风飘起来,整个人烟雾一般消散了。冷清清的月光,照得险峻、陡峭的山崖狰狞如鬼怪。

费林忽然醒了,冷清清的月光照在房前。他下了床,下楼到起居室拿出那两张照片,不禁又大吃一惊。照片上的那位女子竟不见了,剩下一片空白无法填补。

费林跌坐在沙发上。月光冷冷地照进窗来,它见得多了。

那两张照片索性也不见了。林费不敢多问,做这件事也不那么热心了。过了许久,相册终于出版。又过了几年,费林和费林夫人都去世了。儿子老而多病,那小孙儿继续着历史的脚步。月光还在冷冷地照着,再过些时,高楼盖得太多,入夜灯光闪烁,真是城开不夜,不但看不见月光,连月亮也看不见了。这是后话。

2001年元月中旬

原载《中国作家》2001年第7期

彼岸三则

电　话

　　春节到了，年三十这天，丽用彩色气球装饰房间。爬上爬下，鼓捣了一阵，定下来看时，觉得自己好像要随着气球飘向远方。

　　电话铃响了，是一个熟人打来的。

　　两人说些家长里短、朋友们的情况。"过节了，我给老太太打电话，没人接。"熟人说。

　　丽说："真的，我好久没给老太太打电话了。不知近来怎么样。"

　　两人又随意说了几句，挂断了电话。

　　那五彩缤纷的气球使得本来就小的房间更显拥挤。墙角摆着一张古琴,那是丽原来的爱好,久不弹了,套着锦套。白占地方。丽坐下来想看几页书,却看不进。她想着老太太。老太太是她们这个小圈子中最年长、最聪明,也是最多情的一位,她与丽介乎师友之间,相交约有半个世纪,虽然行业不同,却很谈得来。尤其是两人都在业余学过古琴,都以对方为知音。平时不常联系,一说起话来就没完。

丽在电话号码簿上找了半天,找到老太太的号码,便拨通了电话。电话铃声很奇怪,长短不齐,好像在迟疑该不该响似的。

居然有人接了,而且就是老太太,她的声音还是那样清脆。大家都说年龄只侵及她的容颜,从不侵及她的声带。

"喂,是丽吗?我听出来了。"

"你好吗?你身体好吗?好久没打电话了。"

"我知道你忙。你还要工作,不像我这样逍遥。告诉你,前些时我出了一趟远门。往南方走了一转,还去了昆明。"

丽说:"去年我也去了昆明。昆明没有从前美了。旅行累不累?"

"不累,一点也不累。我怎么会累?我在西山脚下,弹了一夜琴,很多船凑拢来听。"

丽觉得很奇怪,问:"你带了琴去吗?"

"我带的是琴的魂。我把你的花篮里的花,一朵朵扔到水里。"

"我的花篮里的花?"丽忽然想起,老太太是抗战时在昆明结婚的。当时婚礼上的唯一装饰就是一个小女孩捧着一篮鲜花，让朋友们戴在身上。那女孩就是丽，那花呢，早已变成灰了，化了。"我应该跟你一起去，"丽说，"我们会发现昆明永远是美的。"

"你可去不得！"老太太好像怕着什么，"我可不让你去。你真糊涂！"

丽莫名其妙，心想，老太太是不是应该去一次神经内科。她转了话题。"等月季花开了，我来看你。"

老太太院中有好几株一人多高的月季，开起来如火如荼。前几年每到盛开，大家总要来花下聚一聚。这几年丽总是病病歪歪的，没有去了。

"不要不要，千万不要。你不要来。"老太太有点紧张，又似乎怕着什么。

"不要来——"她的声音越来越远。随即消逝了。电话里响起了叮咚的琴声。是一支陌生的曲子，流露着无限依恋，无限不舍。音乐渐渐远去，似乎是一步三回头的样子。忽然间，一声脆响，琴声戛然而止。弦断了。

"弦断了！"丽有些惊恐。"喂！喂！"没有声音。丽惘然地放下了电话。

丽心神不安，在屋里走了两转。电话铃又响了，还是那熟人打来，她的声音惊诧多于悲伤。她说的是："丽！我告诉你，老太太去世了。上个星期摔了一跤，当时就去世了。"

"上个星期？"丽紧紧握住话筒，"可我刚才还和她通了电话呢。"

"你说什么？！"熟人大叫。

"我没说什么。"丽淡淡地说。

电　灯

这一座居民楼的住户很高雅。楼门前种了竹子、蔷薇等植物。蔷薇一直爬上三层楼，遮蔽着许多窗。竹子长年绿着，使人清醒。

楼角的一家，儿孙都在国外，只有一个孤寂老人。据说是科学院院士。他窗外的竹子特别茂密，晚上，浅黄的灯光从绿叶中透出。这灯光明灭很有定时，两个窗，八时以前灯光亮在东窗，八时以后亮在西窗，九时熄灯。附近的孩子有时懒得回家看钟，便趴到老先生窗前看一看。

随着时光流逝，老先生越来越老，终于有一天悄然辞世。儿孙们回来乱了一阵以后，都又去奔各自的前程。

这套房无人居住已经一年多了，孩子们再也不去看时间了。虽说老人的学说是载入史册的，周围的人却似乎忘记了他。他们不知道那些学说和日常的柴米油盐有什么关系，只有一个人——那是丽——走过那两扇窗时，还会在眼前浮起那蹒跚而行的身影，也已经有些模糊了。

老人的形象很可怜，也可以说是很悲壮。他佝偻着，似乎负担着躲不开的沉重。丽在研究所里听说老人被人诬陷，用的方式很奇特。丽不明白，也不去管它。

这一天丽刚从实验室回来，正在换鞋，居委会主任驾到，小声对丽说："你注意了没有？"她左顾右盼，像是躲着什么。主任说话素来有点神秘，这时更是莫测高深的样子。

"你注意了没有？"主任又问。丽在脸上回她一个问号。

"那屋子的灯又亮了，时间和以前完全一样。我们观察好几天了。"主任说着倒吸一口气。

"别是有坏人借住了吧？"丽说。

主任说："我们报告派出所了，已经检查过，不像有人住。"

丽说："连派出所都出动了，您找我——"

"我也不知道为什么。"主任说，"总觉得您能给分析分析。您也是有学问的人呀！"

忽然，主任惊呼："您看，灯亮了！"

正是七点钟，那浅黄的灯光从绿叶中透出，显得很安宁，很温柔。丽和主任却都有点毛骨悚然。

那灯光果然八时改到西窗，九时熄灭。

几天来，那灯光每晚都在亮着，周围的人惶惶然不知如何是好。

过了约一周，城中各大报纸都登出一则消息，那正是关于老人的，说"院士涉嫌的案件已经查清，与院士无涉"。消息中简单叙述了牵连院士的原因是有人用日记制造伪证。

当天晚上，丽站在窗前，注视着对面的窗。灯亮了。先平静了几分钟，灯光忽然急速明灭，一束束暗淡的光射向黑暗。丽忽然明白了，老人在释放自己的愤怒。

"好了，你可以平安了。"丽心里说。

果然，以后那套房子很安静，不再有灯光骚扰居民。又过了一阵，有人搬进去住，以前的印象便渐渐随风飘散了。

电　铃

丽在山脚下走，小径幽僻。走着走着，发现同伴都不见了。她还是只管信步走去。转过山坳，前面出现一条澄澈的小溪。溪边满是野花，她走过去摘了几朵，忽然觉得这山坳这溪水看起来都很熟悉。溪边绿柳之间，有两大株桃树，盛开的花朵像两座圆亭。

"桃花依旧笑春风"，丽想着，随即看见花树下的小屋，门前杂草丛生，是久无人来过了。

这才是真正熟悉的景象。丽确认自己是来过这里的。她拨开草丛，推开破旧的关不上的门，走进小屋。屋中有石几、石榻，好像是剑仙的住处。

"一切依旧。"丽心里说。在石榻上坐下来。这里不应只有她一个人，她总是和元一起来的，一起来亲近山水。元在哪里？在一次次政治风暴中，他们像两粒小石子给抛散。那一天他们原准备结婚，正要出门去登记，他们手拉着手，在压抑中感到一丝平安。忽然门铃声大作，如同一把利剑，把他们劈开了。来了几个人，把元带走了。从此不知下落。元在哪里？丽常常在梦中哭醒，把这几个字问上千百遍。以后记忆之门渐渐关拢，锁锈了，尘封了。真的，自己身边该是有人坐着的。丽转头向门的那边。对了，他就是坐在靠门这边的。

忽然间铃声大作，好像有人在按门铃。这里哪有门铃？也用不着门铃。丽吃惊地站起来，想要走出屋去。

一个人跨进门来。昏暗的小屋忽然亮了。阳光沾染着桃花的颜色，从小窗中照进来。丽看清了，眼前站着一个身材匀称的年轻人，正微笑着注视自己。

元在这里。他还是那么年轻，时间在他身上没有留下一点痕迹。丽想哭，哭一哭时间对他们的残酷。她退一步，跌坐在石榻上。

"多少年了，我想见你一面。'丽在哪里'，这是我日夜想的一句话。后来我可以跟着你跑了。你觉得吗？"元的声音仍旧那样清亮。

丽觉得，她觉得那是自己的想象。她怔怔地望着元苦笑。

"我知道你是平安的。"元的笑容依然璀璨。"我倒希望你看见我是一个白发苍苍的老头儿。但是我没有机会变老了。"

丽坐着,元站着。元看见了少女时代的丽。她在溪边奔跑,两根辫子在背上拍打,终于散开了。她侧身倚着桃树重新编着,元上前要帮忙,她笑着跑开,"不要,不要!"那神情成为元刻在心上的记忆。

丽看见了老年的元,那是想象。丽和元一起过日子,最普通的日子。一次元病了,她求医煎药,悉心护理,虽然辛苦,却很满足,结果当然是元好了。在这种想象中,元老了,一天天变得像她的父亲。

而元并没有老。

忽然又一阵铃声。元说:"我的心愿已了。"他走出屋门,在光天化日之下转身向丽招手。丽追到门前,清楚地见他在两树桃花之间倏忽不见。

丽怔在那里。远处笑语越来越近,同伴们来找她了。

1998 年 4 月上旬
原载《小说界》1998 年第 4 期

甲鱼的正剧

它是一只绿毛龟。那是说,绿毛龟是它的外形。至于它的灵魂,若请来各路法师,作九九八十一天道场,也是考查不清的。

它出自楚地云梦大泽之中,族谱无可考。云梦大泽水深处可以想象和龙宫相接,草旺处丰厚如房舍,泥土柔软而芳香。绿毛龟的家在泽地边缘一处洞穴中,上有巨石和林莽。它在这里或游泳,或散步,或伸颈而食,或缩头而眠,十分自由自在。那时它不过有儿童的巴掌大。

若是它只在出生地附近游荡,大概不会出什么乱子,也就没有这篇小说了。但它是一只浪漫的龟。它身处泥泞,却向往晴朗和高爽;它行动堪与蜗牛比美,却喜欢旅行,它要看没有见过的,狭窄水面和草丛以外的天空。它必须远离熟悉的一切,它应该到云梦大泽的深处去。那里的水和天,都是无边无涯的。可是一只龟没有什么方向概念,只知盲目地爬,爬呀爬呀，居然爬到一条路边，那时它已长大了一圈。

"一只乌龟！长着绿毛呢！"它还没有来得及四处张望，几个孩子扑上来，立刻将它捉住了。它伸头要咬，孩子们把它摔在地上，灰白的肚皮朝天。它奋力翻过身来。如此多次，它剩下的抗拒便是把头缩进壳里了。这使得捕捉更方便。孩子们把它卖给一个行路人。行路人到了目的地便把它送给一个朋友。如此几经周转，它到了老老先生手中。

老老先生这称呼有点特别，不过也很容易明白。破译出来就是"姓老的老先生"，或尊称为老老也可，倒是简单明了。老老到楚地考查水利，历经三月，如今要回京。楚人想不出什么东西可送，众多脑筋一齐开动后，决定送上这只绿毛龟。龟可以算和水利有关，此龟形态特殊，有观赏意义。龟寿一定长过老老，可作永久纪念品。这是一个不俗的礼物。

绿毛龟放在一个白瓷深盆里端上来，背上的绿毛如水藻，颜色很深，头部还放着一朵红花。老老果然高兴，说："我正想要一个活物，不管是个什么，只要活的就好。"

因为都知道老人鳏居已多年，儿女都在海外。人们自作多情地想表露同情，却被随同的年轻人岔开了。年轻人姓贾，人称小贾，又称贾秘书。其实老老一生都没有秘书，只有学生跟着跑跑，所以这真是假秘书了。小贾用一支筷子挑衅，绿毛龟根据龟性伸出头来，一口咬住筷子，两只小绿豆眼骨碌乱转。似乎说："你们这些人，一只龟有什么好看！"

老人伸手拍拍龟的头。人们一起惊呼。倒也没有发生咬伤手指的事。绿毛龟放开筷子，伸长脖子对老人望着。它的小眼睛里装满人形，它很闷气，它想看敞亮的天空，和茫茫大水相接的天空。如果它会说话，它要向老人提出要求，放它回云梦泽去。一定是向老人，而不是别人。

"这龟有些灵气。"老老说，"是从云梦泽来的罢。"这么关心云梦泽，一只龟也想到云梦泽。几个人同情地笑了，几个人很感动，还有几个人绷着脸。

绿毛龟随着老人和小贾上了火车。它的居处是一个厚纸盒，盒盖上扎了几个小洞，身边还放了小块馒头。人们说龟不需要天天吃饭，老老说放几块吃食吧，也许它恰好想吃呢。于是有了如上的装备。纸盒放在卧铺下面。老老在下铺，小贾在上铺。火车鸣笛，开动了。

火车哐当哐当飞跑，车身摇摆，绿毛龟如坐摇篮，这真是新奇体验。它听见上面两层的人在讨论什么。"云梦泽说什么也得搬家。"这是那小的声音。

"改造自然要有分寸。得罪了大自然，那是给子孙造孽啊！"这是老的声音。

"您再说也没有用了。"小的声音。

"没用也得说！"老的声音。他似乎俯下身来，检查龟居，一滴水流进纸盒的孔。

后来他们睡了。他们太累了。火车还在起劲地向前开。纸盒受到颠簸，盒底渐渐松了，露出一条缝。绿毛龟感觉到光亮，那是从甬道透过来的。它朝那条缝挤过去，挤呀挤呀，终于挤出了盒子。房间里铺着地毯，毛烘烘的不好受。

房门没有关好，光亮成为一个长方形。它向这长方形爬过去。一步又一步，一步又一步。它出了房门，爬向车厢一头。它必须逃走，必须离开火车。车厢很长。经过几个房门，还是看不见天空。车厢外，黑夜把一切都包裹了。

它爬爬停停，留下长长的有点发黏的痕迹，终于到了两车厢连接处。它没有深思熟虑，没有思想斗争，只顾向前，马上就要从空隙处掉下去了。忽然有人抓住了它，把它举起来。

"你呀，掉下去会粉身碎骨的。"这是老老。它立刻本能地缩进头颈，虽然离老人的脸很近，也没有能看清脸上写着的话。紧接着小贾也赶到，埋怨说："您看您！为一只乌龟！值得么？"于是老老拿着龟，小贾扶着老人，三位一起回房。

"你是从云梦泽来的么？请你发表意见。"这是老人心里要说的话，他没有说。就是说了，绿毛龟也不懂的。

老和小把它塞回纸盒，用塑料绳捆结实了，分头入睡。绿毛龟睡不着，在盒子里爬。忽然，它身子向前一倾，盒子翻转到另一面。便是不出盒子，也能移动。它应该得出这样的理论。但是它没有这样的思维能力，只是本能地向着一个方向翻去。这么翻了几下，盒子到达房门口，房门紧闭，它一筹莫展了。

"云梦泽！云梦泽！"忽然一声喊叫，声音又尖锐，又嘶哑。这是老人在睡梦中发出的。小小绿毛龟全身都震动了。云梦泽三字似乎有一种神奇的力量，让它心神不定，好像有一根无形的线，把它和老人连在一起。它不再翻动，趴下来人静了。

小贾拍拍床沿说："老老，不要吓人。"老老在睡梦中翻了个身，没有回答。他太累了。

绿毛龟随老人下了火车，上汽车；下汽车，上电梯；下电梯，进房门。家中只有老老和它两位，所以它样样享有一半。它的住所最初只是一个简单的盆。后来在盆里兴造起假山、洞穴、水池、泥地，成为小小的王国。假山垂下藤蔓，成为它洞府的门帘，泥地上生满青苔，成为柔软的地毯。不时有客人来访，总要把它夸上两句，说它真好看，说它伴着老人，是有功之臣。这样的生活，龟复何求！

而且它渐渐懂得老老了。有时老老出外回来，气鼓鼓的大声叹气；有时人们在家里面红耳赤的争论，它都觉得老老需要它的支持，可是它无法表示。只能用小绿豆眼看看老老，做沉思状。沉思时，它总忘不了从家乡出走时的心愿：它要看看广阔无际、没有遮拦的天空。自从它落入路边孩童的手中，所见的天空都是切割成一块一块的，比从前所见都不如。老老有时把它的盆搬到阳台上晒太阳，那便是它所见到的最广阔的天空了。

它渐渐习惯了，习惯于和老人一起过日子。如果它来生仍是一只龟，它还愿意在这小王国里生活。对天气的追求和对故乡的眷恋都让惰性化掉了。美丽神秘的云梦泽消失了,如窄窄天空上的那一片云,飘过天空的那一缕烟。

然而老老没有忘。他接连在睡梦中惊呼:云梦泽!云梦泽!使得正在入静的绿毛龟颤栗不已,那束绿毛都飘动起来。

一天,小贾来了。说是要去给云梦泽搬家。他打开提包拿出些资料,要和老老做最后的核对。老老双手扶头不说话。绿毛龟正在屋里巡行,好奇地爬进提包,觉得很舒适。

材料核对完了。小贾很高兴,说云梦泽会听话的。他要老老好好休息,不要想不相干的事,还殷勤地为老老倒了一杯水,拎起提包走了。

他乘车驶往机场,一路打瞌睡。忽然有什么东西碰了他一下,他左右看,没有什么。车转了几个弯,又有什么碰他一下,分明是什么活物向他拱来,他随即看到提包一凸一凸。莫非是一条蛇!他沉住气,吩咐停车,小心地把提包拎出车外。然后万分警惕地拉开拉链,自己向后跳开,好像里面装着定时炸弹。

小小绿毛龟伸出头来,小眼睛滴溜溜转,不能决定该怎么办。

"是你!"小贾又好气又好笑,恨不得打它一顿。

"等从机场回来,我给老老送去吧。"司机建议。

"拿什么装它呀?"小贾说。这时龟已经伸开四脚,爬出提包。

"这样吧。"他撕下一张纸,写了字,弯腰贴在龟背上。

"要是过路人捡了去,它就回不了家了。"司机提醒,甲鱼的价涨得太快!一只龟被称作甲鱼时,它的命运就注定了。

"活该让它去作药材吧。"小贾要去搬动千千万万包括人在内的生灵,一只龟真算不了什么。他们上车走了。留下一阵汽油的气味。

绿毛龟在路边发愣。它背负的白纸在阳光下很耀眼。上面几个大字:此龟属于老老先生。下端小字写着地址,很详细。

它渐渐明白,终于到了最宽广的天空下。它那如烟的逝去的梦凝聚了起来,成为眼前现实的天空。没有云,没有烟,一片蔚蓝的高爽。若是一头长颈鹿,大概会觉得天空像一个大碗,覆盖在田野上。最宽广的天空也是有尽头的,但是龟的小眼睛看不到这么远。只觉得无边无际的混沌包围着自己,自己便也伸展为无边无际的混沌了。这混沌逐渐缩小为一个圆圈,又落在它的壳里。使它感到无比的圆满。

圆满是暂时的。绿毛龟在路边数十丈内来回爬了三遭,又观赏了星空和月色。忽然想起了老老和云梦泽,两者在它是一回事。它还没有见到云梦泽的大水面,也许老老会带它去。

所以说龟的运气好呢。在它盼着见到老老时,一个好心人骑车过来捡起了它,把它送还老老。屋子里气氛很不对,好几个陌生人在忙着什么。一个漠然地说:"又送甲鱼来了。"接着问:"多少钱?"

陌生人指指龟背上已经破损的纸条,默然离开了。

那人把它放在水管下，哗哗地冲掉它身上的泥垢，包括那纸条。丝毫不注意它并不是普通的龟。它本能地缩着头。后来人不管它了。它悄悄伸出头颈，想看看老老。

老人在另一间房里，双颊通红，还在低声呻吟。不时吐出几个字。人们不懂他说什么，而绿毛龟是懂的。老人不可能送它回家，因为老老和云梦泽都正在消失。像那一片云，像那一缕烟。

绿毛龟伤心地移开了目光，立即发现一个可怕的场面，好几只龟挤在一筐里，让网套着，有的缩着头，有的已经没有了头，淡淡的血痕染在同伴的壳上。龟是没有多少血的。

绿毛龟用力把头颈伸得长长，身上的绿毛都竖起来。它再一次看着老老，想大声叫出来："你们留住！"

"这一只伸出头了！好药材！"那人说。手起刀落，把绿毛龟的头砍下了。

1994年5月中旬
原载《作品》1994年9月号

长相思

万古春归梦不归

邺城风雨连天草

——温庭筠《达摩支曲》

当我站在秦宓的公寓门口时，心里很高兴。虽然和她不是同学，也非玩伴，交往不多，却觉得颇亲密。因为家里认识，我照她们家大排行称她做八姐。在昆明街角上，曾和她有过几次十分投机的谈话，内容是李商隐和济慈。当时她上大学，我上中学。这次到美国来，行前她的堂姐秦四知道我的计划中有费城，便要我去看看她。我满口答应说，也正想见她呢，好继续街角上的谈话。"她现在很不一样了，——还没有结婚。"秦四姐欲言又止，"见了就知道了。"

时间过了四十年，还有什么能保持"一样"！

门开了。两人跳着笑了一阵之后,坐定了。我发现时间在她身上留的痕迹并不那么惊心触目,像有些多年不见的熟人那样。她的外貌极平常,几乎没有什么特征可描述,一旦落入人海之中,是很难挑得出来的。这时我倒看出一个特点,她年轻时不显得年轻,年老时也不显怎样衰老。大概人就是有一定的活力存在什么地方,早用了,晚不用,早不用晚用。

两人说了些杂七杂八的事。她忽然问:"你来看我,是受人之托吧?"

"你堂姐呀,才说过的。"

"不只是四姐。还有别人。"她笑吟吟的,似乎等着什么重要喜讯。

"真没有了呀。"我很抱歉,见她期待的热切神色,恨不得编出一个来,"你要是等什么人的消息,我回去可以打听。"

秦宓脸上的笑容一下子收去了,呆呆地看着我,足有两分钟。然后就低头交叉了两手,陷入了沉思。我不知道是否该告辞,但是说好晚饭后才来车接我,只好也呆坐着。

她的房间不大,却很宜人,说明主人很关心自己的舒适,也能够劳动。她坐在一扇大窗前,厚厚的墨绿色帷幔形成一个沉重的背景。

"拉开窗帘好吗?"我想让她做点事。她抬头想了一下,起身拉开窗帘。我眼前忽然出现了一片花海,一片奔腾汹涌的花海。这是美国的山茱萸花,高及二楼,把大窗变成了一幅美丽的充满生意的画面。

"真好看!"我跳起身,站到窗前。山茱萸一株接连一株,茂盛的花一朵挨着一朵,望不到边。

"这不算什么。"秦宓裁判似的说,"记得昆明的木香花吗?那才真好看!"

木香花!当然记得!白的繁复的花朵,有着类似桂花却较清淡的香气。那时昆明到处是木香花,花的屏障,花的围墙,花的屋顶……

"我第一次注意木香花,是和你在一起的。你是我们的证人。"秦宓的眼光有些迷茫。

你们?你们是谁?你和木香花吗?

"那时你是个可爱的小姑娘。他认识你,向你走过来,你说'这是秦宓秦八姐'。你看见我们在木香花前相识。"

我感觉很荣幸,但实在记不起那值得纪念的场面了。"我没有介绍他吗?"我试探地问。

"他用不着介绍。我知道他,他是你父亲的高足。还会唱歌,抒情男高音,声音好极了,在学校里很有名的。"

我把父亲的高足——我认识的,飞快地想了一遍,还是发现不了哪一位和秦宓有什么关系。不过我已经明白,她等的消息,就是和这位木香花前的高足有关。

"他对我笑了一笑——一句话也没有说。"她叹口气,目光渐渐收拢了,人从木香花的回忆中来到山茱萸前,记起了主人的职责。"我们做晚饭吧。端着你的杯子。"她安排我坐在厨房的椅子上,自己动手做饭,拒绝了我助一臂之力的要求。

"你们后来来往多吗?"我禁不住好奇。

"常在校园里遇见,他有时点点头,有时就像没看见似的。你知道吗?"她有些兴奋地说,"有一次新中国剧社到昆明演出话剧《北京人》,我们宿舍有好几张票,我因为要考法文,没有去。后来听说他去了,我真后悔,说不定会坐在他身边呢。"她的遗憾还像当年一样新鲜。

"你来美国以后他也来了?"

"他先来,我才来的。可我们一直没有见过面。后来他到欧洲去了。后来听说他回去了,消息完全断绝了。"

"你难道不觉得,除了大形势下断绝消息的那些年,他想找你,其实很容易?"

"他一定有很多难处。"她的目光中又是一片迷茫。这目光如同一片云雾散开了,笼罩着她,使她显得有几分神秘。"他一定会来接我。他一定的。我一直等着。"

我不知道说什么好。他们一句话没有交谈过,她却等着,等了四十年!

房角有一把儿童用的旧高椅,和整个房间很不协调,我走过去看。

她说:"这个么,我帮别人修理,还没有修好。"

"你做木工?"

"无非是希望自己对别人有点用。"

我要帮着摆餐具,她微笑道:"呀!你不会摆的。"说着她迅速地摆好餐桌,样样都是三份。

"还有客人么?"我不免问。

"就是他呀。"她仍在微笑,"我觉得他随时会来,如果没有他的座位,多不好。"她一面说着,一面仔细地把一张餐纸叠成一朵花,放在当中位置上。我们两个相对而坐,我们的餐纸都没有用心叠过。

等一个不会来的人,有点像等一个鬼魂。天黑了,窗帘拉上了,遮住了山茱萸。我觉得屋里阴森森的。她可能喜欢这样的气氛,渐渐高兴起来。举起杯子对我表示欢迎。说我的到来是好兆头,证人都来了,本人还不来么?我不便表示异议,只好笑笑,呷一口果汁。她提起昆明街角上的话题,兴致很好。

"我们有一次谈义山诗,谈到《重过圣女祠》那首,还吵了一架呢,记得吗?"

我想不起吵的什么。"'一春梦雨常飘瓦,尽日灵风不满旗'这两句太美了,似乎空气里都有一种湿润的清香。难道你说不美?"

"这一联没有争议。我们吵的是头两句,'白石岩扉碧藓滋,上清沦谪得归迟'。我说碧藓滋形容她不能回去,所以在这里住的时间久了,你说碧藓滋应该形容没人住。你其实是和李商隐吵架。"

我依稀记起来了,"还有最后两句,我们为那通仙籍的玉郎,也争了好一阵,我说玉郎这种人误事,你说这种人很重要。"

"那时你还太小,初中三年级吧?"她轻轻叹息。那时她是大学三年级。

"还有济慈呢。别忘了他。"我笑道,"我们不是说过我们是街角四人俱乐部吗?——'那过去的古老、灰色的时光'——"我停住了。

她没有接下去,却说:"我在伦敦去过济慈故居,墙上挂着一张脸的模型,是济慈刚死后,从他脸上做出来的。老实说,我觉得有点可怕。当时心里闪过一句义山诗——"

"我来说好吗?那句诗是'他生未卜此生休'。"

她看着我,眼光是清明的、愉悦的。我们没有琢磨诗句的沉痛,反而笑起来,笑得像在昆明街角上那样。

"自从那天你介绍了他,我们便是五人俱乐部了。可一直没有告诉你。"她笑过了,脸上又是迷茫的神色。

我介绍了他!我踌躇了一下,小心翼翼地问:"可我还不知道这一位尊姓大名,——能告诉我吗?"

她似乎很诧异,说:"我以为天下人都知道呢。你是第一个不知道的。"她坐坐好,抚平了衣襟,郑重地说:"他是魏清书。"

只要她说的不是一只猩猩或熊猫,我都有心理准备。我镇静地咽下了这几个字。魏清书,中国数学界的才子,魏清书定理前几年在报章杂志上很热闹了一阵。

"可他早结婚了呀。"我脱口而出。

"早听说了,我不信!听到这种谣言以后,我才等他用饭。他是该有个家了。"她又叹息。

"而你呢?秦八姐!"我忍不住说,"他早有家了。他的妻子我见过,是英国人。"也许是法国人、瑞士人?总之是西欧人。

"我不相信。"她很镇静。"这是不可能的。"

"我让他亲自写信告诉你。"

"那好。我等着。"镇静而坚决。

后来她问起我的先生是怎样的人。我怔了一下,觉得很难形容,许多年没有想这个问题了。他就像自己的头脑、心脏、手臂、躯干一样,很难分出来评价。不过我还是想出一个譬喻,及时说出来:"他么,他是一段呆木头。"

秦宓说:"呆木头好,很适合你。我不一样,我等的是整个的世界。"她的眼睛闪了一下,随即黯淡下来,"不过在得到整个的世界以前,他是空气。"

我们都没有笑出来。又说些话,时间到了,她坚持送我到公寓门前,看我上车。我向她招手,却见她向来车的那边望着。她在等,等那木香花下的人从夜色里出现。

离开她时,我立志要把她从无尽头的等待中拯救出来。后来在旅行中见到几家奇怪的婚姻,回北京后面对一段呆木头,我有点怀疑自己救苦救难的想法,做出来能否真的救苦救难。秦宓明白说了,她等的是整个世界,如果没有,她情愿要空气。她不需要替补队员什么的。因为痴心，她不承认不能得到，那就总还有些希望罢。哪怕这希望是虚幻的，假的，是挂在木香花上一个已经破碎的梦。

可是秦四姐出面干预了。她打电话来，说知道我回来了，时差倒过来没有？人来人往的忙乱过了罢？随后就问起秦宓的情况。我详细汇报，只说事实，不谈见解。她似乎在点头，说，"依旧，依旧。"

两边都沉默了一会儿，秦四说："谢家小妹，你得帮个忙。"

"我静候吩咐。"

"你让魏清书写封亲笔信，说明情况。别让八妹这痴心的人再等下去了。"

"我原也这样想。真的，大概大家都会这样想，——可这几天我觉得，戳穿了，太残酷了。"

秦四笑了一声，说："可不是，我记得你也是有几分痴的——。"她这印象不知从何而来。不过她没有多发挥，听到我承诺去办"亲笔信"，便适当地转过话题，像每次通电话一样，不忘向呆木头问好。尽管呆木头从来也没有弄清她和我家的关系。

魏清书家的电话号码很容易就找到了，是他本人接的电话。我报上姓名后，他一阵惊喜："是娥法！多年不见了，你可好？多谢你打电话来。"得知我有事相求要登门拜访后，他爽快地说，"当然我来看你，今天晚上就来，好么？"

傍晚，魏清书骑车来了。

他看上去比秦宓老多了。秦宓是在一种静止的状态，她储着活力等待她那"整个的世界"。魏清书是很辛苦的，除了艰巨的脑力劳动外，那几年思想改造他也是身体力行的。"文化大革命"期间下干校，常举行各种讲用会，他用数学上一个定理联系养猪体会，一讲就是一上午。当时大家说好，后来又说他意在嘲讽，居心叵测。当时常在野地里开大会，谁遇到水坑或泥地，是不能绕过另找地方的，排在哪儿就坐在哪儿。很多人为这种待遇研究对策，只有魏清书似乎丝毫不以为苦，主动把干燥的地方让人，自己去坐在泥泞里。眼也不眨地坐下去，毫不犹疑。

我们上次见面还是在父亲的遗体告别仪式上。十年过去了。他大概六十多岁了吧，背有些驼了。原来是中等身材，现在就显得不够伸展。我忽然想哭，赶快到厨房拿饮料。

他说："真的常常想来看看你，——不过，说也是白说。"

"北京太大了。"我笑道。彼此说些情况后，我讲了秦宓的事。

魏清书觉得十分诧异，他怎么也想不起世上有这个人。他记得一次在木香花前看见我，却不记得我身旁还有别人。他看见我手里拿着一个风筝。可是我从来没有玩过风筝，这是我童年、少年时代的重大遗憾。眼看这要成为争辩话题，我连忙放弃自己的遗憾，表示相信他的记忆力。

"那风筝是紫色的。"他确定地说。

说到后来他同意写一封亲笔信,说明他的家庭情况,一切很美满,再附一张全家福的照片。他抱歉说以后怕帮不上忙了。我保证到此为止,以后再不会麻烦他。

他走时正遇呆木头在门厅里拿东西,我忙介绍,其实他们早该认得的。两人哼哼哈哈也不知说了几句什么。我怀疑他们实际都不知道对方是谁。

魏清书走后,我责怪说:"见人也不热情些,人家是学部委员呢,咱们认识的学部委员大概就剩这一个了。"

呆木头光着两眼看我,说:"他不是那个搞数学的吗?"

智力不低。

亲笔信次日躺在信箱里。信是写给我的。说他一九五四年在欧洲结婚,妻子芙尼是比利时人,也是数学家。他们有一子一女。信中警句:"我想世界上不会有人像芙尼这样理解我。懂得我是需要一点专业训练的。"两张照片,一张是四个人,孩子们还是少年。另一张只有他们两个人,孩子已不在身边了。两人各坐一张藤椅,相视而笑。芙尼看去很是苍老。外国人容易显老。

我把信复印了一份,寄给秦四,把原件和照片寄给秦宓。我觉得自己从一个荒唐的痴梦中逃脱出来了。我再不管这件事了。

两周过去了。我们的日子刻板而平静。平静中我不免想起秦八姐，不知她是否能逃出那荒唐的痴想。亲笔信和照片能动摇她四十年不回头的等待吗？

一个夜里我们正睡醒一觉，忽然门铃乐声大作，把我们吓一跳。看表是差一刻十二点。

半夜里，谁来拜访？我不让呆木头一人去开门，两人来到门口。他先从猫眼中向外看。"不知道是谁。"看了等于不看。

我推开他，自己看时，立刻惊呼一声"是你"，慌忙下令开门。

来人是秦宓。一身黑衣，显得很瘦弱。说是飞机误点，太对不起了，不过她必须来找我，哪儿也不能去。

必定是为她的痴想而来，我想。我忽东忽西地张罗着，拉开客厅的沙发，沙发上掉出些橘子皮，想是冬天的存货。安排好了床铺，拿出些小点心，点心碟子放在桌上，旁边都是灰尘。我很惭愧，暗怪她也不通知一声，又想去煮方便面时，她说飞机上吃得太多，吃不下了。我一面奋斗一面说："我这里欢迎你，哪儿也不用去。"

她看上去很抑郁，眼光粘在了我身上，随着我忽东忽西，看得我有些发毛。等到我坐定了，她幽幽地叹一口气，说："我是来讨个真话的。"

"还有什么真话？信和照片收到了？那是最真实的真话。"

"那不是！"她的话斩钉截铁，"那些东西是真的，可是不能说明什么，因为他已经死了。"

我几乎从椅子上跳起来。"谁说的？他两周前还在这儿。今天我还遇见他们研究所的人，没有说起！"

"可能人家不打算告诉你。——我知道，他是死了。"可是她并不显得悲痛，只是神气有些特别。

"打听消息，也得明天了。"我把心一横，决计维护自己的休息权，我要睡觉。

秦宓放我去睡了。她自己可是一夜未睡，不时在房间里走动。次日起床后，我呵欠连天，昏昏然不辨南北西东。却见她精神蛮好，不像彻夜不眠的样子。

感谢电视台增加了播放新闻的次数，用早餐时呆木头开了电视机。我刚瞪他一眼，忽听见说，中国中学生参加数学物理化学三项奥林匹克比赛获奖归来，科委举行欢迎大会，最重要的是下面一句话："著名数学家魏清书出席大会并讲了话。"同时荧屏上出现了他正在讲话的图像，比那次见他显得神气些。这是昨天的事。

"放心了吧！"我对秦宓说，"不要再瞎想了。这对他也不好，像是咒他。"

奇怪的是秦宓并没有显出高兴或安慰，倒是眼圈红了，鼻子皱起来，使她那张平淡的脸看去很丑陋。她连忙用手绢捂住脸，低头不作声。

"你这是怎么了？"我不解地说，像是恨他不死似的！沉默了一会儿，我忽然明白了，她确是希望他死。

中学英语课本里有一个故事，题目是《美人还是老虎》，说的是从前有一位公主，由于国王的禁令不能得到自己心爱的人。为了让她和他彻底断绝关系，国王在他身边设置了两扇门，一个门里坐着一只老虎，一个门里站着一位美人。老虎出来，吃掉他；美人出来，嫁给他。开哪一扇门，由公主决定。我们讨论了半天，我们要开哪扇门？大部分人都是铁石心肠，说要老虎。只有一个同学哭起来，说她两个门都不要开。

"秦八姐，你好狠心。你是要开老虎那扇门了？"

"你看见吗？他老多了。人生没有几年，真是何苦！"我唠唠叨叨。忽见秦宓抬起头，脸上挂着两行清泪。我立刻不再出声。

过了一会儿，她怯怯地碰碰我，说真对不起，没有征得同意就来打扰。

我坦率地说"你想干什么？"她说，"我想一个人待着。""那你就一个人待着。"我和呆木头不约而同都要去图书馆，那是我们的第二故乡。

时近中午，我们回到家。呆木头从来出门进门都抢先，这时却堵在门中，踌躇着不进去。"这是咱们的家吗？"他小声问。

我猛然一惊，心想可能秦宓出了问题。慌忙推开他，先觉得狭窄昏暗的门厅宽了许多，亮了许多。进到客厅，只见明窗净几，纤尘不染，整间屋子，从头到脚都擦过了。两个玻璃门书柜,闪闪发亮,柜中的书骄傲地望着我们,那意思是:这回可见了天日!

"这是谢娥法的家吗?"呆木头明知故问,顺手从桌上拿起一张纸,大声念道:"娥法小妹——写给你的,放心,不是绝命书。"

秦宓留的条子是这样写的:

娥法小妹,我到四姐家去了。所有清扫出来的东西,都在厨房角上,片纸只字,还得你们自己看过才好定去留。书柜底下扫出一个表来。我看你没有戴表,找不着了吧?放在桌子第一个抽屉里。我会给你打电话。

呆木头拿着纸条,自言言语:"怎么出了田螺姑娘!"

"废话!"我开抽屉,果见那丢了几个月的表在里面。

我立即往秦四家打电话,秦四的女儿说她们上街去了。我问她们是谁?答说妈妈和八姨。我放了心,觉得有许多话想发作一番,却又说不出。

呆木头洗青菜,煮方便面,一面说:"其实秦宓也没有什么特别,不过执著到了极点,便有些怪。——其实人都有几分痴的,我看她还痴得不讨厌。"

"哦!"我应道,"想不到秦宓在北京得一须眉知己。"

"她的第一知己是谢娥法呀。"

电话响了,秦宓打来的,感谢我留她住。说已经去证实机票了,明天就走。我说你们秦家亲戚在北京总有几十人,还是见几位主要的再走。她说没意思。我感谢她为我们做了一次清洁工,她说何足挂齿。又说在美国住了这么多年,觉得有一句话实在美妙无比。这句话很简单:我能帮助你吗?她说:"人总想着这句话,就到不了绝路上。"

"不只到不了绝路,还要开辟新路才好。"

"那就难了。我的生活,你可以预见。"

我立刻作了批注,十四个字:春蚕到死丝方尽,蜡炬成灰泪始干。

几个月过去了。暑假里我们到东北林区去了一阵。回来以后略略收拾整理,便觉秋意渐浓。一天我们到菜场去,路边的树木已在落叶,一片叶子旋转着飘落,快着地时又被风吹起,如此几次,才似乎万分不得已,缓缓地落在路边。我看呆了,忽然有人拍我一下,说:"我就说你也有几分痴的不是?"

原来是秦四和她的女儿。先说些彼此近况。后来她放低声音说了下面一段话:"大概是两个月前,我给你打电话,你们不在家。不在家也好。我是要告诉你一个假消息——可当时不知道是假消息,还以为真的呢。消息说秦宓死了,说得活灵活现:她在浴室洗脸,一转身就倒下了。华盛顿的十二妹去看,你猜怎样?她好好地在家里,在帮别人做木工。你看,有些消息不知怎么传的!没找着你倒好,免得你白伤心一场。"

我们笑了一阵,好像秦宓若是真死了,就不至于白伤心,还值得些。我们分手了,她走了几步,忽又回头低声说:"我告诉你，她还是摆着两份餐具。"

餐具旁一定还有细心折叠的纸巾。

我们慢慢地走出很远，我才说："我想她现在是不会死的。"

呆木头应道："因为那个搞数学的还活着。"

谁知道呢。

1993 年 6 月

原载《作品》1993 年第 11 期

勿念我

戈欣站在半人深的土坑里，把骨灰盒放进了修好的墓穴。墓穴阴森森的，冷气逼人。他望着骨灰盒上妻子绣春的照片，年轻，俏丽，正如盛开的花朵，而人已经凋谢了。

他的眼泪滴在墓穴前的泥土里。

墓穴封上了。干这活的年轻人手脚敏捷。人们慢慢向墓园大门走去。戈欣回头看那一片拥挤的白灿灿的墓碑，马上想到一堆堆的白骨，忍不住心头一颤。不多的同事亲友们和他握手，说着安慰的话，各自上车走了。他在路边站了片刻，忽然说忘了什么东西，让最后一辆车等他一下，转身又往墓地走去。

他怀疑墓穴封得不严密，那年轻人手脚太快了。若是有个缝让虫蚁钻进去，那是绣春最讨厌的。他毫无声息地从墓碑后面绕到前面。猛然看见碑旁坐着一个人，在低头沉思。两人都吓了一跳。

那人本能地站起身,仍半低着头,转身快步走开。

"喂,请停一下。"戈欣望着那人穿着浅驼色风衣的背影,客气地说,"请问你认识我的妻子吗?"

"不,不认识。"那人冷淡地说。他没有停住脚步,也没有抬头,很快转到别的墓碑后面,溶进了那白灿灿的一片。

戈欣立刻看见墓上除了原来的花圈、花束外,多了两枝花,一枝头顶缀满淡蓝色的小花,另一枝缀满白色的小花,花朵都很小,显然是那种随地可见的野花。戈欣觉得很熟悉,他认得这花。

这花是谁放的?当然是刚刚坐在墓前的那个人。但他说不认识绣春。有人念着绣春,总是好事。戈欣想着,仔细看了墓穴封口处,见水泥抹得严密匀净。又前后转了一圈,站住了,定定地看着墓碑,碑上写着"爱妻简绣春之墓"。碑下两枝野花,花朵向上,似乎昂头望着墓碑。戈欣心中一动,想把花拿掉,又想这是献给绣春的,他不该动。这时,帮着办丧事的人和司机前来找他,连拖带拉劝他走,还互相使着眼色。

戈欣回头看,满眼还是那两枝花,蓝白两色似乎被水化开了,渗得到处都是。自己的鲜花花圈,倒像缩小了,不那么显眼。

"走吧,走吧。"人们拥着他。

几个至熟的朋友陪他到家,看着他在沙发上腾出一个角落,看着他坐下了。你一句我一句说了些安慰的话。有人问起绣春的姐姐缦春,有人代答她去了日本还没有回来。然后有人建议让他休息,便告辞了。

戈欣呆坐着,一切似乎都很陌生。这里的女主人,永远不回来了。忽然好像一束光照亮了一个场景,他猛地跳起身,跑出屋,跑下楼,跑过街,来到街角一处绿地。绿地在一段装饰墙后面,草很长,轻风漾起微波,一个接一个。抵达墙角停住了,不再回来。结婚十年间的头几年,戈欣和绣春来这里散步,何止千百次!每一个草尖上都该有绣春的足迹。她有时打一把小伞,显得很飘逸;有时提着菜筐,也不觉沉重。她轻盈地在他身边走着,像是在滑动。不时侧过脸来,给他一个灿烂的微笑。

而他没有钥匙。

"绣春真聪明。"他想,这是多年来他常想着的一句话。可是自己家里有一块地方自己不能进入,让人有些不舒服。

戈欣特地买回一把小斧子,劈开了抽屉。他看见一个漂亮的日记本和一束信。日记本的封面是淡蓝色的,画着一枝乳白色的花。头两页间夹着勿念我的小花。"又是勿念我——"戈欣想着。掀一页,看到了绣春的笔迹。

"他约我在西什库教堂会面。我们在圣坛前站了许久。阳光透过五彩玻璃,照在他的头发上,也照在我的头发上。"

戈欣捧着日记本,一下子跌在地上,这个"他",分明不是他,不是他戈欣。

又一页：

"今天在胡同西口一家冷饮店里会面，说到建筑的细微部件的重要性。他翻来覆去看我的手，说是看出了一个空中花园。"

"我第一次在他房中过夜，我哭了很久。再过几天，我得到福建去考察古民居，我恨不得不去。怎舍得离开他呢。"

戈欣觉得嗡的一声，头胀得很大。绣春去福建是四年前的事了。走以前确曾有两天没有回家，说是缧春那边有什么事，要她去。那时他正开始学电脑。是从那时开始了。他们来往这么几年，而他竟然一点也没有察觉。这就是坐在墓前的那个人了。大概是个建筑师，不知是哪个单位的。可恨绣春写日记时也像是在躲避什么，文字这样简单。

又一页是她得知自己病情后写的：

"我的生命快结束了。我哭我们相聚的日子太少了！我没活够，我没有活够！"

这相聚的"我们"自然是包括那一位。戈欣心里苦涩酸辣搅成一团。他刷刷地翻着本子，想看到自己的名字，哪怕只提一次。

一次也没有。

他把本子啪地扔在地下，拿起了那束信。信用紫绸带小心地扎好，只有三封。他把它们也重重地摔在墙角，反正已经是到手的猎物了，还怕它跑了么！

"绣春！你怎么这样对我？"戈欣伏在床栏上放声大哭，哭得昏天黑地。

昏乱中他想到这一年多奔走医院的生活。为得到最好的医疗，什么人没求过！为配一味药，骑着车跑遍全城，哪家药店没去过！一个下雪天，一路摔跤到了医院，绣春神色淡淡的，并不显得高兴。现在明白了，她等的是另一个人。又一次送了甲鱼汤去，招呼她喝了，见她懒懒地靠在枕上的样子，真想抱抱她。她推开了，说累得很，要睡觉。戈欣连忙收拾了床铺，看她睡好，才离开了病房。电梯久等不来，他觉得站在那儿白费时间，不如在她身边再呆一会儿。走过护士台，却见她坐着打电话。

"你起来了！"当时的感觉是一阵惊喜，现在感觉是沉重的痛苦。

她仍是淡淡的，说是要告诉机关里什么人一个材料。什么材料？她没有答。起身回到自己床上。当时旁边护士的脸色似乎有些尴尬，她们当然是知道的。

她们姊妹不大相投，很少来往。绣春病后，纕春也很少看望。一次她去病房，绣春正在输液。她放下水果便要走，绣春一再说输液快完了，让她等一下，有话说。纕春说下次再来。还是走了。

有话说，什么话呢？

回忆像一个烧红的熨斗，一下下烙着他。他早就承认他不够了解绣春,她那些机灵鬼怪的主意,千变万化的情绪,他是追不上的。她活着有时也像个幻影,只有背面,往远处飘去的幻影。

"绣春,你回头!"

绣春不回头。

戈欣哭得累了,休息了一阵,拾起那几封信。信是对方写的。

"亲爱的人,看见你从高台阶上走下来,我觉得时间都凝结住了。我真奇怪以前几十年怎么能活下来,没有你!以前不过是行尸走肉罢了,以前不过是木雕泥塑罢了。我恨不得扑下去吻你踩过的泥土,我恨不得把这里的空气都吸进,因为它们拥抱过你。有过这样炽热的爱,死也值得!"

戈欣心里翻腾着,不愿再看这些肉麻的话,把这封信扔在一旁,拿起另一封。

第二封信很短,大字写着"我爱你"。颜色暗红,原来是血书。信纸上端有行小字:"我觉得自己要炸开了,身体实在装不下这样多的感情。割破了手指才好受些。"

戈欣冷笑了一下。一点指血骗骗绣春这样多幻想的女人罢了。

第三个信封有一本杂志大,他抽出一个硬纸板,忽见绣春在面前。

绣春略侧着头,唇边一个小酒窝装着浅笑。眼神略有些忧郁,似乎在思索什么。半透明的衣袖,肌肤隐约可见。双手各擎着一枝花，花朵如一小片云雾，一片蓝，一片白。

"绣春！你怎么这样对我！"戈欣对着画像大吼一声。画中人像是受了惊吓，莹然欲涕，眼光似随他流动。戈欣把画像往桌上一放，忍不住又大声哭起来。

绣春死了两次，先是他身旁的绣春，现在是他心中的绣春。第一次死别的痛苦还是新鲜的，第二次的痛苦又狠狠地砸了下来，连他的心都剜了去，一点儿不剩了。原来那种到站了的感觉消失了。他又开始了煎熬，他一定要找到那情夫，坐在墓碑前的那个人！

门铃响了，是小陆。小陆身材短小，戴一副厚眼镜，是一位文学硕士。她见屋里的情形，以为戈欣还在为死别伤心，用手托一托眼镜框，开口安慰说："不要伤心了，人死不能复生——"

戈欣一直逃避小陆如瘟疫，这时却正好可以有个人倾诉。他把信件等往前一摊，说："你看看！死了还折磨我！"

小陆一目十行，一会儿就看完了。他扶了扶眼镜说："莫泊桑有篇小说看过没有？一个小职员死了妻子，拿妻子留下的首饰去卖。他以为都是假玩艺儿，谁知都是真珠宝。"

"自然是情夫给的了。"戈欣狠狠地说。

小陆微笑。她有几分为绣春惋惜，怎么不把事情做得严密些。多的则是为自己庆幸，占领这新出的缺有了重要的有利条件。

"我记得那小职员也不知道情夫是谁。"戈欣又狠狠地嚼着那两个字。

"何必知道呢。"

"何必知道?说得轻松!我真恨不得找个私人侦探,把他找出来!"

"决斗吗?像奥涅金和连斯基?不,不大对。"小陆皱着眉,努力想起一个相应的故事,为死去的人决斗的故事,却想不出来。

"我有一个范围,"戈欣说,"就是建筑设计行业。人的样子大致也有印象。我去设计院门口等。你能不能想办法查查建筑师的名单?总有这么个学会吧?"

"就是人和名字都对上了,也不能证明什么。"小陆很明白。

"敢做要敢当嘛!"戈欣冷笑。"设计院里还有简缥春,不知道能起什么作用?"

"好了,你一直没吃东西吧?我来做!"小陆温柔地看了戈欣一眼,毅然进了厨房。

戈欣迅速地想了一遍绣春各方面的关系。他要前去拜访,也许能有些线索。忽然哗啦一声,厨房里小陆一声尖叫。"对不起,砸了一个碗!"紧接着她出现在门前,说,"托尔斯泰有个小说——"

"你走吧,好吗?"戈欣尽量客气地说,"我需要安静。"

后面一句声音很大。

小陆委屈地说:"我会做的呀。"戈欣开开屋门,不耐烦地做了个"请"的姿势。小陆迟疑了一下,只好走出去了。

房里并不空,戈欣仿佛觉得绣春在悄无声息地来去。她坐在小桌旁,招呼他吃饭。不管她工作多忙,饭食总是可口的。他们彼此把菜夹到对方碗里,很多年都这样。戈欣又想哭,却哭不出来。他在房里走动着,把东西踢到墙角,把绣春的大照片翻过来,扣在柜上。

次日,戈欣请了一天假,先到绣春的单位,找了几个熟人,推心置腹地说这件事和他的目标——找出那个人。听的人都睁大眼睛看他,似乎怀疑他因悲伤过度,神经出了点毛病。一位女同事气愤地说他简直是肆意侮蔑亡人,令人寒心无比。一位男同事慢条斯理地说就算有这事他们也管不着。戈欣把那几封信打开让大家认笔迹,有的人根本不看,有的人不说话。只有一个冒失鬼叫了一声:"倒像是老黄的字!"话未说完,就被众人喝住了。

戈欣连忙问:"这位老黄在哪里?"没有人回答。停了一会儿,还是那位男同事说:"我们这里没有姓黄的。劝老兄不要再追查了。多年的夫妻,人又死了,什么事总要担待一下。最好狠狠心,不要再想她就完了。"

勿念我!勿念我!他说的分明是绣春要说的话。

无论如何,戈欣有两大收获,一是知道了那人可能的姓,二是除去这一单位，范围又缩小了。他有礼貌地告辞，请大家原谅他诸多打扰，一点不在意那些怜悯的目光。

小陆送来了建筑师学会的名单，里面居然有两个姓黄的。戈欣便去拜访。第一位五短身材，肯定不是墓前人。第二位倒是颇潇洒，可惜一副厚眼镜片使他显得很凶，绣春不会喜欢这样的人。戈欣说受妻子委托，要找一位黄建筑师还一样东西。两位都有些惊奇，但都有礼貌地说明他们从不认识姓简的人，不要说是女士，男士也没有。

戈欣只好用最笨的方法，上班或下班时在设计院门前徘徊。他以为能直觉地认出那个人。可是三天过去了，没有一点成绩。第四天，戈欣采了一束小花，蓝白相间，站在门口路边。他觉得这花是诱饵，能引出藏在人海中的目标。果然有几位路边的人注意这花，有一位还从他手里拿去仔细看，可惜都是女士。

他向设计院大门走去，忽然看见绣春飘飘然从高台阶上走下来，整个的人快活新鲜，一点没有病容。他揉揉眼睛，随即意识到走下来的是简缥春，一个穿浅驼色风衣的人在她旁边。

他迎上去。缥春也看见他了，和身旁的人说了句什么，向他走过来。"我昨天才回来，今天要上你那里去的。"缥春先开口，板着脸，她永远是板着脸的。

戈欣盯着穿风衣的人，有三四个人围着他说话，戈欣好像很不经意地问，"这人是不是姓黄？""不对，他姓马。"缥春也似不经意地说，又加一句："我告诉你，这人不认识绣春。"

戈欣盯着那人，把手中的花举得高高的。他的样子一定很滑稽。缥春微叹，轻轻拉一下他的衣袖："已经葬了？"

"已经葬了。"花束没有引起反应。

葬了两次。

"戈欣，你听我说，"缥春尽量柔声说，"你受的打击很大，我一回来就听说了。凡事要想开些，就算找到了，你能怎样？你不顾惜绣春的名誉，你就不在乎自己的脸面吗？"

"简绣春！"戈欣忽然大声叫道，那几个人都朝这边看。谁也没有显出特别吃惊的样子。穿风衣的人有一张异常衰老疲惫的脸，戈欣看了心里不觉一颤。

"他好像有七十岁了。"

"有了，有了。不要瞎想了。回家去吧。我晚上来。"

戈欣又想哭，同时觉得很泄气。那陌生人脸上的皱纹所包藏的愁苦，似乎不比他少。

晚上缥春果然来了。戈欣像对所有的客人一样，用他的猎获物招待。缥春举着一把钥匙说，她曾受托取走并销毁那些东西，现在用不着钥匙了。

"你能不能告诉我那人是谁？你一定知道！我保证不闹事就是了。"

戈欣哀求道。

"我真不知道。她只说处理那些东西，并没有说清原委。"纕春反复看那幅画像，似乎在考虑是谁的手笔。

"她为什么不提出离婚？既然爱到那样地步，时间也不是一天两天，为什么不离婚？我会成全他们的。"

纕春想了一下，慢慢地说："我想这是一种想法，用补充的方法，而不是替换——"补充、替换什么，她说不出来。"不是有些男的讲喜新而不厌旧吗？女的也可以这样，是不是呀？——这是我的猜想。"

"这些东西放在你这儿没有意义。我们还是照死去的人的意见办好吗？"

戈欣望着她，又有一个问题："你虽然有钥匙，可怎么从我家里拿出去呢？"

"我就说都是我的东西，存在这儿的。"纕春仍是一本正经，没有一点儿笑容。

戈欣心里一下子冷得多了，觉得女人都很可怕。

那些东西也许真的属于纕春。戈欣站起身拿过日记本仔细看，绣春的笔迹他怎么会认错！他叹息，把本子一扔，"你拿去吧。"

纕春从本子里拿出那枝小花，放在桌上。干瘦的花枝看上去很可怜。

"还有个问题，"戈欣说，"她知道自己要死了，为什么不告诉我？让那个人来诀别——我会原谅的。"

"也许怕你伤心。不过，我想，她就是不想告诉你。"

"骗到底？"

缥春瞪了他一眼，神情真像绣春。"随你怎么说吧。"她走到门口，略侧着头，板着脸说："我还要到日本去。日本那边问候你，请节哀。"所谓日本那边，指的是她在日本工作的丈夫。她在门当中转过身子，看着戈欣说："希望你忘记以前的事，开始新的生活。"

门轻轻关上了，他的猎获物被轻而易举地掠走了，只留下一枝勿念我。想不到最后还是缥春来处理绣春的"遗物"。姊妹到底有血统管着，是改变不了的。而丈夫可以一下子变成路人。

"绣春，你怎么这样对我！"

空气中仿佛掠过一丝叹息。"你——"那是绣春最后的话。

戈欣不由得回想起她临终的情景。她的病日益沉重时，医生同意她回家住几天。那几天她常对他微笑，虽然笑容很黯淡。她要求把电话机放在床头，有几次竟抱着电话咳个不停。他只顾心疼她咳嗽，从未捉摸过她为什么对电话有这么大的兴趣。她是等那人的声音，等那人的话语啊。

又进医院时，人们都知道她再不会从前门出来了。她浑身插着大大小小的管子，连咳嗽也不会了。他小心地为她擦洗，她忽然睁开眼睛，眼睛里闪过亮光，就像黑夜里打了闪一样。"我——会死吗？"她很不甘心地用力说。

戈欣拽住她的手，努力忍住眼泪。"你不会，你不会——"

她喘息起来，大大小小的管子在抖动。戈欣慌忙去找医生。回来时见她大睁两眼，却分明没有看见什么。他低头抚慰她，听见极轻的一声叹息，"你——"她死了。

她的眼睛始终睁着。戈欣向下抚摸眼皮，竟拉不下来。护士说遇到这种情况，就不能管了。死不瞑目。

因为这样，遗体告别时人们只见到白布蒙着的轮廓，布没有揭开。戈欣告诉说这是绣春的遗愿。

"你——"的后面是什么？他自己添加过许多不同的话。现在他明白，这"你——"不一定不是他，也不一定是他。若不是他，就是她日夜盼着的那个人。

那一丝叹息"你——"，还在房中萦绕着。

那是一个永远不会有谜底的谜，让人心痛的谜。戈欣拿起那枝勿念我，久久地审视着。

门铃响了。小陆踢踢踏踏走进来。戈欣忽然把那枝花塞进口中，嚼了几下，咽了下去。

"你这是干什么？——万一有毒呢？"小陆惊叫。

"最好吃了这东西就能忘记一切。"

"就像忘川的水一样。"

那就是说人死了以后自会忘记不必着急。废话连篇的小陆居然说了一句颇有深意的话。

1993 年 6 月

原载《天涯》1993 年第 9 期

朱颜长好

渔人码头是美丽的。太平洋就在脚下,灰色的水面无际无涯,点点轻帆若远若近。海鸥在水和岸间盘旋,发出低哑的叫声。货摊一个挨着一个,摆满各种好看的东西。钢琴摆在店铺前,一个头戴高礼帽的街头音乐家正在弹奏。不远处又有自弹吉他的歌手,帽子翻过来放在地下。水边有一个木台,戏剧家正在表演,他们跳上跳下,似乎很忙。围观的人群不时发出哄笑。这一切的背景,便是天空和大海了。灰茫茫的,空阔而遥远,把热闹也融了进去。自然景色和人间繁华美妙地结合在一起,让人于心旷神怡之间,又有一种兴奋。这是渔人码头给予游客的特有的东西。

林慧亚在繁华的人行道上慢慢走着,觉得很轻松。这是两个月来少有的。表弟妹孟薇自去高处买东西,说好过半个小时左右来接她。

"千万别走远啊。"孟薇从车里探出头来叮嘱。

慧亚微笑，招了招手。这半小时里她要把一切恼人的事都撂开。不想讲演里的词句，不想该送谁什么礼品，也不考虑自己身在何处，且做一个无忧无虑的旅游者，哪怕只有半小时。

慧亚望着不远处的一只海鸥，它掠过水面，忽然向上高高飞起，转了个圈又向海中飞去。它的目标似乎是一条船。若是它停在那船桅上——停在船桅上又怎样？就能有好运气么？年轻时同学们常爱用花的开落、鸟的栖止来预测一些小事。这些年，慧亚太实际了，早忘了这小小的神秘主义。不知不觉间它又回来了。"可见永远没法子改造得彻底——怎么还想着改造？可见也够深入灵魂的了。"慧亚苦笑。

风很凉，又是旧金山特有的。不管晴雨，总有风，总是凉飕飕的。慧亚侧身拉紧薄薄的外衣。

哪儿射来一点跳跃不定的亮光？原来是一个小摊上挂了几个大大小小的水晶球，球上磨出许多小平面，使得阳光变幻生彩。对了，孟薇曾说过，这是吉祥球。怎样的吉祥呢？她停下脚步，端详着。

迷离的光中缓缓显出一张年轻的脸庞，朦胧的，飘浮的，淡淡的轮廓若隐若现，慧亚用力盯住它，几乎要伸手摸那球面。

"多少价钱？"身旁响起一个声音，愉快而光润。

遥远而熟悉的声音。慧亚有些吃惊。那脸面也定住了，在球里闪亮。等她抬眼望住身旁的年轻人时，不由得轻轻倚在小摊的支架上，也只是轻轻地，她倚住的其实是中国人特别坚强的神经。

这熟悉的声音属于这熟悉的人。熟悉的身材，熟悉的脸庞，脸庞上熟悉的深沉的黑眼睛，还是那样年轻，那样潇洒，快乐的神情中带着一点漫不经心，好像这世界是为他而存在的。少年豪气，四十年没有消磨么？

"要帮忙吗？"那声音问，脸上是熟悉的灿烂的微笑。见她愣着，遂放下手中的画片，说道："真抱歉，我说不好中国话。我想你一定是中国人。"

"是的，我是的。"慧亚用力说，"请问你几岁？你贵姓？"

年轻人怔住了，这是这位瘦小的女士需要的帮助么？不过好像中国人有这样问话的习惯。他正要回答，一辆车开过来停在他们身边，车门开了。

"表姐！快上车！"孟薇一把将慧亚拉上车去。这里不准停车的。

车开了，慧亚回头，见那青年仍怔怔地望着车，那神情，出奇地符合她的记忆。

她喃喃地说："你几岁？你贵姓？"

若是慧亚在那一瞬间得了精神病，她可能终生要问这两句话。但她是清醒的，过于清醒了。

"风吹着了么？这里风大。"孟薇关心地问。慧亚摇头。冰凉的风和温暖的人情对于她都不存在了。她眼前出现了四十年前的旧金山码头。熙攘的人群中一双深得无底的黑眼睛怔怔地望着她，仿佛奇怪这样的事怎么可能发生，他留着，她走了。

那眼光望得她肝肠寸断。她没有回头，上了船便坐在房间里。同行的人都到甲板上和送行者互抛彩带。她从舷窗向外看，只有灰茫茫的海水，无际无涯。她觉得心被劈成两半，一边是父母、祖国，一边是那双深沉的黑眼睛。劈开的心向两边拉扯，血和着眼泪流出来，流出来……

不知坐了多久，她忽然站起身，想在最后一分钟下船去。在房门口和珉——她后来的丈夫，撞个满怀。

"船已经开了。"珉同情地扶住她，"上甲板去，还可以看一眼。"

她推开珉，跑上甲板。人群还很清晰，五颜六色。送行的彩带已经拉断了。那怔怔的痛苦的目光仍然缠绕着她，永不会断。他似乎跳了起来，向她挥手。船渐远了，人群变成一个黑点，旧金山变成一条线。然后，一切都给灰茫茫的海水吞没了。

后来珉告诉她，在最后一分钟，琦忽然想冲上船，让人拦住了。一个船员说，这是离别的歇斯底里，常见的事。

常见的么？

珉、琦和慧亚不同班、不同系，却常在一起，到哪儿去总是三个人。娇小轻盈的慧亚，在中国同学中有一个绰号——林姑娘。有好事的女生问慧亚:"林姑娘只该有一个宝玉,你怎么把持着两块呢?""搞平衡这么持久,什么窍门?"慧亚很惶恐,她没有想把持什么,也没有想搞什么平衡,一切都很自然,他们三个是好朋友。

珉和琦有很多相像之处。他们都很聪明,都好学,都传染了美国青年的习惯:热爱体育。他们当然有更多的不同处。学习习惯不同,打网球的赢法也不同。珉稳重,琦敏捷;珉很谨慎,琦则总有些漫不经心。珉到这世界上来,似乎是常有所获。而琦到这世界上,好像对谁施与了恩惠。

慧亚曾开玩笑说,珉是儒家,琦是道家。琦比珉快乐,也比珉注重快乐,但他绝不是不负责任的人。

平衡的心倾斜了,在一个月夜。倾斜的原因很难说,可能是琦的眼睛更黑些,笑容更灿烂。他低声唤她的乳名"离离",还半开玩笑地说除了父母外,再不许别人叫了。

汽车稍稍歪了一下,那一双欢乐的黑眼睛融进拍岸的海水中,碎成粉末。

"到家了。"孟薇说。她们从车房走进厨房,满身染上了淡淡的绿色,那是孟薇布置一切的基调。

"喝点什么罢?"孟薇问。橘子汁?冰茶?还是煮一壶热茶罢?这样贤惠的人不多了,慧亚想。

孟薇斟好茶,再把买回的东西一样样放好。然后拿出一个亮晶晶的东西一晃,抚摸着说:

"请有道行的人念诵一番,就能带来如意的事。这是给表姐的。"

又是一个吉祥球。大概因为女巫通过透明的球观察过去未来,人们便希望小小的球带来吉祥。无数的小平面闪出些不可捉摸的光,在夕阳的光辉里跳跃着。

"你真周到。"慧亚微笑,"这种东西带回几个送人很合适。"

"又想着回去了。"孟薇摇头,"对了,刚刚我和叔如通电话,他说有人打听你呢。——表姐这边亲戚朋友这样多,一家住上两三个月,也住得三年五载。你英文又这样好,找个事做做也可以的。何必着急回去?况且——"她说着,忽然缩住。她下面本想说,况且那边也没有什么可牵挂的了。国家事么,怎么管得了许多。

真体贴人,慧亚想。那意思她已懂了。她没有什么可牵挂的,因为她没有父母没有丈夫没有子女,没有法律上的直系亲属,她是孤零零的。以前知道有一种人叫鳏寡孤独,现在自己就属于这一类了。至于有人打听,熟人总会彼此打听的。

真是奇怪的事。慧亚回到自己房间,望着手中的水晶球。若能把她一生的灾难都集中在球里就好了,好砸碎它!她想着。那小平面似乎愈来愈大,汇成了一面巨大的玻璃墙。墙上显出了覆盖着白雪的苍莽森林,两个互相搀扶的小小人影在积雪上奋力走着。那就是她和珉。冷风卷起一阵阵碎雪,夹着寒光,像小刀片似的刺在身上。他们一步步捱着,以为下一步再迈不动了，可是他们居然走到目的地——一个林区管理所。

他们在森林里住了十八年！这并不是因为他们是什么派或什么分子，他们的工作安排在这里。珉很坦然，对慧亚说，回国来就没想要享福，森林也没有什么住不得的，森林里好人多着呢。他们逐渐习惯了半原始的生活。用木条在屋里做了一个台，床摆在木台上。木台下摆着个大花篮，放着林中各种鲜艳的植物。从县里省里来参观的人不止一次表示羡慕。珉和慧亚只好笑笑。珉原来的专长是热带传染病，现在治起克山病来，也有了一套经验。慧亚所学因是资产阶级教育学，在林区小学控制使用，教教语文算术，也算对口。

政治运动的冲击波到了边远地区变得微弱了。虽然他们有时免不了受歧视，他们的日子相对地较平静，他们都心平气和。几年后，慧亚生下一对双胞胎儿子，在一个暴风雪的夜里，在那个木台上。

慧亚很忙。两个孩子长大，岂是容易的事。她的时间没有一刻空闲，但她的心深处，有一点空缺，无论什么也填不满。慧亚觉得森林里的孩子们得到的太少了，她很愿意教他们，常在课后为他们补课，不料这积极被认为有争夺下一代的嫌疑。小学校长尽量委婉地提醒她，她好容易才弄明白。人是要守本分的，她的本分是接受改造，怎么能积极去教别人呢。从此她把全副精神用于养育儿子，她的一对健康漂亮的可怜的儿子！比起当时许多由于政治原因而残缺不全的家庭，他们一家人厮守着，算得团圆。

然而这几近于原始的团圆也不长久。

珉在医务所里很识相，让做的事努力做，不让做的不闻不问。他的医术渐渐出名。有时清早开门，门外会放着一块鹿肉或半只獐子。那是老百姓的信任。他常出诊，因为人们找他，也因为那实在是苦差。

水晶球似乎转了一下，另一平面射出惨白、凄冷的光，有些瘆人。珉就是朝着那惨白凄冷的夜走去的。那时他们已睡下了，正低声讨论头顶上的房梁，怕经不起大雪了。有人敲门请出诊。来接的人说，能在刮烟泡前赶到病人面前，等烟泡过了，再送回来。当地的人把刮暴风雪称作刮烟泡，像是很轻松。

珉走的时候，特地走到木台上看两个熟睡的儿子。在门口望着慧亚一笑，说他一回来，立刻换房梁。烟泡刮了两天两夜，雪止住后还不见珉回来。慧亚到医务所去问，得到的答复很不清楚，却叫她立刻出发。爬犁驶过珉走过的路，慧亚到了珉的病人家，见珉和病人并排躺在炕上，都已经冰冷。

珉是突然发作心脏病死去的。他的心脏受不了那样艰苦的跋涉了。他是医生，照说应知道预防，但他只知自己是医生，却不想着自己也是病人。他安静地闭着眼睛，神色平和，似乎一切都很圆满。

慧亚晕倒在土炕前，几乎成了并排躺着的第三个人。

暴风雪又铺天盖地而来，她在这村子里停了两天，没想到另一场巨大的灾祸在等着她。她回到家，却找不到自己的房屋，一个大雪堆，埋住了一切。

房塌了，大雪隐瞒着遮盖着，做出一个高高的坟。人们在这下面挖出了慧亚的两个孩子。医务所和小学的同事们都曾来看过，没想到房子的隐患。孩子们不肯离开家，也就算了。没想到暴风雪接连袭来。没想到，没想到的事多着呢。

慧亚把丈夫和孩子一起葬在森林中，孤身一人又在林区住了四年。她常去看那座大坟，坟在从小路边数起，第二十八棵白桦树下面。坟上长满了野花。她便在坟前静坐一会儿，想着珉死后的平静的面容。

慧亚心知他心里一直有个问题，只是不愿问，或许是觉得不必问，因为那答案他自以为知道。他带着那问题远去了。

慧亚想着就后悔，应该早告诉他：如果现在让她再一次选择，她还是要选择他，珉。

"假如不是现在，而是时光倒回去了呢？"刨根问底。

时光能倒回去么？

那渔人码头上的小伙子从玻璃面里走过来了。他是时光倒流的凭证。他周身散发着欢快的、明亮的光辉。那是青春。

"是你么？"慧亚用尽气力说。

"怎么不是我？"他笑着，还是那样灿烂。"怎么不是我？怎么不是我？"他走过去了，声音随着愈来愈远。

慧亚望着水晶球发愣。

这时孟薇来敲门,说叔如不回来,不想做晚饭,出去吃自助餐好不好?她说着,看着慧亚,轻声问:"不舒服么?"她觉得慧亚像是哭过了。

"咱们可不可以不吃饭?——或者一片面包就行了。"

"那可不行,叔如要怪我虐待你。"孟薇笑着坚持。

两人很快在附近一家店里坐下了。孟薇介绍说这店不大但是蛮有名气,以奶酪最出色。慧亚不经意地看了一眼那丰富的食物,果见光奶酪就有许多种。她觉得一阵莫名其妙的心痛,她今天注定逃不出往事的纠缠了。

"咱们来这里很不合算,"孟薇絮絮地笑说,"你像是没有一点胃口,我也捞不回本。"

慧亚惘然望着面前的盘子。她回到了几十年前,也是在一家小店,她和一个人对坐着,作出了人生的重要抉择。他们决定她先回国,他等拿到博士学位后就回去。他们习惯于安排日程定计划。他们太狂妄了,怎能在主义和战争的夹缝里企望实现这小小的计划呢。

那无边无际的黑眼睛,那灿烂的笑容,那漫不经心的快活的人呵。

慧亚下意识地抬起目光,望着窗外的山,山上的枯草,在浓重的暮色中显得很柔和。她不安地往另一面窗前看去,那是琦!琦在那里!正定定地看着她。

时间没有移动，还是四十年前的他呵！慧亚几乎跳起来奔过去。但她像钉住了，透不过气。在漫长的岁月中，她不止一次想过，也许哪一天在哪条街上遇见琦，她就跑过去跟着他走向天涯海角。后来这幻想被做妻子、母亲的责任压到心深处，消失了，变成了一个空空的填不满的角落。

　　琦走过来了。慧亚望住他，忽然软软地靠着椅背。她明白了，这是在渔人码头遇见的那年轻人，他必定和琦有着不同一般的关系。

　　年轻人站在桌前，略迟疑了一下，开口说："夫人，请原谅我冒昧。今天下午，您问过我姓什么，当时没有来得及告诉您。"

　　他的意思是现在要回答这问题。慧亚略略抬起手掌止住了他，微笑道："你不用说，我想起来了。"

　　她挣扎着说出了那个姓。孟薇好奇地望着他们。

　　年轻人赞许地一笑，说："我猜您是我父亲或母亲的朋友。能坐在这儿么？"他对孟薇点头。"可您知道我的名字么？"

　　"如果你不说出来，我永远不知道。"慧亚镇静多了，拍拍孟薇的手臂。

　　"我要说的。家里人叫我比利，您也可以这样叫我。我的中文名字是珉，是一种类似玉石的石头。"

　　珉？类似玉石的石头！

　　"是为了纪念什么人罢？"慧亚似乎不经心地问。

"是的！是的！"年轻的珉高兴极了，光亮的黑眼睛笑着，"您什么都知道！"

他们谈着。慧亚原来早听说过一些琦的情况。琦很成功，家庭也很美满。小珉证实了这些。他们住在东部，在旧金山有房子，小珉是来料理事情的。

"我和爹爹是很要好的朋友。"小珉自豪地说。

"他还打网球吗？"不知怎么问了这样一句话。

"不，不打了。"小珉迟疑了一下，"那么您是爹爹的朋友了。他不能打网球，他坐在轮椅上。"

"为什么？"

"三年前，他得了脑血栓。可是现在他头脑还是很好，妈妈照顾他的一切。他在自己那一门领域还是很活跃的。"

有太太照顾，好极了。琦总是会快乐的。慧亚轻轻叹息，对孟薇说，是不是可以走了？

"可你什么也没有动一动。"孟薇说。

"是我打扰了。"小珉有礼貌地说。

她们走到店外，比利跟了过来，说不知道有没有荣幸能请两位到他的房子里坐坐，说着递过一张纸，写着地址。那是旧金山有名的富人区。孟薇觉得很有趣，低声说："去一趟吧？"慧亚摇头，对小珉略一举手，表示告别。

她们向停车的街角走去。一轮明月悬在明净的天空，把街旁山的影子投下来，罩在她们身上。那著名的加州山，在月光下闪着金色的光。

慧亚抬头望月,拉了拉风衣。又是一个月夜。月光照着她秀雅的轮廓,使她好像戴着一个光环。

"请停一下。"又是比利。他大步赶过来,说:"我知道您的名字了,您是林慧亚。"

他说这三个字时好像用的是大号黑体字。"我看见过您年轻时的照片,刚刚我看见您和年轻时一模一样。"

记得这张照片。琦不知怎么照出那样一张照片。她仰望着一轮明月,一手拉住外衣,轮廓很淡但很清楚。她说是鬼气十足,他却说明明是仙气罩住整个画面。慧亚惘然一笑,夜色是会隐瞒年纪的。

"真的!"比利诚恳地说。"我看见了。我想您的青春不只留在照片里,也留在别人的心里。"

月光下的比利,那是琦的相貌,琦的青春留在这里。

"对了,我还没有告诉您,我二十六岁。"

我的双胞胎,今年也是二十六岁。慧亚无声地回答。

这个夜晚,慧亚接到两个电话。

第一个电话响了半天,她没有接,以为一定是表弟家的,直到孟薇来敲她的门,才拿起床边几上的分机。

许久没有声音。

"你不必为难。不必通报名姓。"慧亚平和地说,"我知道你是比利的父亲。"

又停了一会儿,那边说:"你的声音一点儿没变。比利说你人也一点没变。"

慧亚一直以为,再听见这声音她会晕过去,可是她没有,只是抓电话的手抖个不停。

那边似乎踌躇着要说什么。"你听着么?"

"我听着的。"

"我一直在打听你。旧金山的那房子,我们没有用。我想送给你住。"

"谁说我要住在这儿?我不需要房子。"

"可那房子本来就是为你预备的。一切一切本来都是你的。你不知道吗?"那声音很苦涩,"我们见一次面吧?"他的语气希望她说不。

她果然说不。没有必要。

寂静了一阵。慧亚用两只手按着话筒,免得抖动得太厉害。

"离离!离离!"那边忽然叫起来,"我是坐在轮椅上。我是残疾人。"

离离这名字属于他,当初是这么说好的。慧亚泪流满面,说:"我听比利说了。你——身体还——好吗?"

"我很好。"那边说,"你呢?"

"我也很好,很好。"

又是沉默。那边深深叹息:"那么我们告别了。"

"我们告别了。"像是回声。慧亚慢慢放下话筒。

再一次电话响,慧亚下意识地拿起话筒。那边又是没有声音,良久。

慧亚放下了话筒,却忽然听见细微但很清楚的话语:"我在第二十八棵白桦树下面。"声音是从水晶球里发出来的。

"你?"奇怪的是慧亚并不怎么奇怪。

"你可好?你可好?我在第二十八棵白桦树下面——"那声音愈来愈小,似乎挣扎着在说话,"希望你高兴些,希望你平安——"声音抖颤着,终于断了。

水晶球一动也不动。

慧亚默然坐了许久。她决定明天去买机票。

月光如水。

1990年春拾旧意构思,断续至1993年2月22日成之

原载《收获》1993年第5期

蜗　居

大野迷茫，浓黑如墨。我在黑夜的原野上行走，再也找不到自己的家。

是谁遗弃了我么？是我背叛了什么人么？我不知道。我走着走着，四周只有无边的黑暗。我是这般孤独和凄冷。我记不起是否曾有过一个家，一个可以自由自在、说话无须谨慎小心的家。在记忆中，我似乎从来便是在这黑夜中寻找，寻找我那不知是否存在过的家。

我注视着黑夜，黑夜在流动。夜幕忽浓忽淡，忽然如一堵墨墙，忽然又薄如布幔。我想掀开布幔看清前面的路，可是我什么也摸不着，眼前还是迷迷茫茫，混沌一片。我踉跄地在黑夜里行走。我的家，如果过去不曾存在的话，是否在前面的路上，会有一个小窝，容我栖息，给我温暖呢？

走着走着，我真的碰上一堵墙。石壁凸凹不平，缠绕着层层绳索。我摸了一阵，才知道那是千头万绪的藤蔓。但是空气中没有一点属于植物的清新气息，想来已只剩了枯黄的一层。这是山的峭壁，还是房屋的墙壁？我该往哪里走呢？我踌躇，顺着石墙走去，一面在凸凹不平的石块和纠结的枝条中摸索找寻。

忽然间，墙上开了一扇不大的门。随着门的开启，飘出一阵浓雾，立即呛得我咳个不停。我仍踌躇着，走进去了。

这是一间很大的厅堂，进去后便看不见墙壁，只在浓重的烟雾中透露出微弱的光，隐约照见地上一排排的人，半坐半跪，正在摇头晃脑地念着什么。隔几排人点着一排大香烛，香烟袅袅，便是浓雾的来源了。他们是和尚？道士？还是天主教基督教的什么会士？我不知道。渐渐地，在黯淡中看清了他们的表情，使我一惊。他们每人都像戴了一个假面具，除了翕张的嘴唇，别处的肌肉不会动一动，我进去了，也如同我不存在，没有一个人抬动一下眼皮。

在迷漫的香雾中有着不和谐，仿佛正在刺透那灰蒙蒙的空气。我定了定神。是那清醒的、冷淡的目光。只不知在哪里。

不知因为什么，一个人猛然纵身跳起，又使我吃一惊。他跳起后便在大厅里奔跑，从左到右，又从右到左，来回不停。他的举止僵硬，像是一个提线木偶。他跑了一阵，又有一个人站起来随着跑。他们的动作怎么这样笨拙？我注意地看，原来每人身后都背着一个圆形的壳，像是蜗牛的壳一样。再看坐着念诵的人，有的也有蜗壳，有的没有，看上去光秃秃的。渐渐，跑的人越来越多，却没有人碰撞到我。

忽然，响起了沉重的脚步声。奔跑的人群先愣住了，经过几秒钟死一样的寂静，又猛省地四散奔逃。有人的壳上伸出两个触角，不断抽动，像是在试探平安。不一时，人散开了。厅中空地上站着一个方方的壮汉，使人想起机器人。他大声宣布："奉上级指示，清查血统。检举有功，隐瞒有罪！"随着洪钟般的话声，他旁边又冒出几个壮汉，每个人都在自己身上扭动一个开关，一个个抬起手臂，手臂变成探照灯一样，向人群中照射过去。

人群在继续奔逃，他们除了像木偶，还有点像影子，奔走时并没有声音，这倒使我害怕起来。带蜗壳的人找到一个他认为安全的香烛，便躲在烛后，缩进壳中，没有壳的人动作灵活些，有的逃得不见踪影；有的一面走一面向自己身上吐唾沫，大概想造起一个硬壳。探照灯在人群中扫来扫去，追赶着人群。

在一片惊恐、混乱中，还是有着清醒的，现在是痛苦的目光。只不知在哪里。

一个壮汉猛然大喝一声，盯住一个正在往大厅深处跑去的人，随即用手拉着一根看不见的绳索，那人在地上滑了过来。到得"探照灯"前，灯光照得他身体透亮，我看见他的皮肤下面流着鲜红的血，和任何人一样的鲜红的血。莫非这血液便是他的罪状？再一瞬间，这人缩成指甲大小，壮汉把他拾起扔在脚旁一个类似字纸篓的筐里。紧接着又是一声大喝，一个蜗壳滑了过来，在灯光下先伸出两个触角，但这里哪有他试探的份儿，再一转眼，他也缩小了，如同一个普通的蜗牛，给扔进了字纸筐。

一会儿筐快满了。壮汉们似有收兵之意，忽然一个人直向厅中心跑来，大声叫着："告！告！"他指着一个雕刻着花纹的大蜡烛，蜡烛后面躺着一个大蜗壳，滚烫的蜡烛油滴进壳中，壳的主人也不敢动一动。但他还是跑不了，探照灯照上了他，他也给吸进了字纸筐。

我注意到这便是最先起身响应奔跑的那位。奔跑当然不是他的发明。他又"告"了好几个有壳和无壳的人。每次跑到亮光前，光照透了他的身体，可以清楚地看见他的心脏和头脑都紧紧地绑着绳索，他的脸在假面具后露出虔诚的表情。那是十分真实的虔诚，我想。

筐满了，小东西们在筐里挣扎着，探照灯减弱了。清醒而痛苦的目光显露出绝望的悲哀，仍不知在哪里。那位告发者退到人群中。忽然一声响亮，他平地飞升了。我挤向前，想看个究竟。他越飞越高了。大家都抬着头，张着嘴看他。我下意识地一把拉住他的脚。我也飞升了。不知他是不觉得我的分量，还是觉得不敢声张。转瞬间我们便来到另一座高处的厅堂，这里灯火辉煌，绝无烟雾干扰，大概是天堂了。下界的香火，显然是达不到这里的。

这里的人不再半坐半跪地诵经了。他们大都深深埋在一个个座位里，有的是沙发，有的是皮转椅，也有镶嵌了大理石的硬木太师椅。他们无一例外地各有一个壳，但这壳不是背在背上，而是放在自己的座位旁边。有的正在壳上涂画图案、花纹。那位告发者观察了半天，看准一张摆在凸花地毯上的墨绿色丝绒大沙发，便冲过去坐下了。他那如释重负的摊开的四肢，说明他再也不想起来。"你起来！我早看上这位子了。"忽然一声断喝，凸花地毯上冒出一个古色古香的小老头，宽袍大袖，举着牙笏，说的可是现代语言。经这一喝，我才发觉这厅里是一片喧闹。几乎每个座位周围都冒出了人，有的争吵，有的撕扯，有的慷慨陈词，有的摩拳擦掌，真是人声鼎沸。在这混乱上面，却飘着一派美妙的音乐。音乐这样甜，这样腻，简直使人发晕。渐渐可以从甜腻里分辨出，这是赞美，是崇拜，是效忠的信誓旦旦。原来下面厅里念的是圣经，这里唱的只是所罗门之歌了。所罗门之歌直向上空飘去。我才想起，天，是分为九重的。

这绝不是我所寻找的家。嘈杂、混乱齐向我袭来，像要把我挤扁、窒息，我必须离开。我穿过身着各个朝代服装的人群，碰撞了好几个人，他们却看不见我。这里和下面一样，以为只要看不见，就能否认真实的存在。

我又在黑暗里行走了，眼前迷迷茫茫，混沌一片。我多么渴望能有一盏灯火，哪怕是在最遥远的地方有一丝光亮，四周是太黑暗了，黑得发硬，也在把我挤扁、窒息。我走呵走呵，一脚高一脚低，转来转去，又碰上凸凹不平的石壁，层层缠绕的绳索。我又走进了那座厅堂。

时间不知已过去了多久，这里不知是在进行第几次清查。方方的壮汉还是在用那不可思议的力量进行搜捕。人们为什么这样驯服？可能是变做指甲般的小东西，也还是可以活下去吧。

这时一个大蜗牛给吸到厅中。强烈的电光照透了蜗壳，一个人蜷伏在壳里，恐惧地用手捂住眼睛。"都背着这玩意干什么！"几只脚踩下来，蜗壳碎裂了。几只手撕下长在肉身上的蜗壳。

"且慢！"人群中冲出一个年轻人。他站在受伤的蜗壳旁。"每一个人，都应该像人一样，活在人的世界！"他仰面大声说。他身材单薄，脸庞秀气，那清醒而又痛苦的目光，在这里了！目光穿透了灰蒙蒙的香雾，现在正穿透那灼人的白光。他居然敢脱下面具！眼泪从他秀气的脸上流下来，在脚下立即冻成了冰。

"不要命了？何苦呢？"人群中窃窃私语。

"总有一天，真理无须用头颅来换取！"青年面对灼人的白光，弯身去扶那受伤者。

"还不与我拿下！"空中轰然响起了洪钟般的声音。这声音很远,却响彻了厅堂,一直冲向黑夜的荒野。紧接着咔嚓嚓轰隆隆一阵巨响,莫非是掌心雷?只见青年猛然矮了一截,他正向地底下沉去。周围没有人动一动,宛如一大块冰。我见他沉落得只剩了头,忍不住扑过去抓住他的头发。这一来,我也随着他向下沉落了。

地面在我们头上合拢,人丛中忽然传出隐约的哭声。总还是有人惊惶,有人哀悼罢。青年的秀气的脸上,露出一丝微笑,"我死,也甘心的。"他对着我,自言自语。

我们落入了阿鼻地狱。地狱的惨状如果形诸笔墨,未免不含美学标准,所以略过。遇见的几个人物,他们的魂魄充塞于天地间,故此不得不提。

我们最先看见的是东汉时期的范滂。他仍处在"三木囊头,暴于阶下"的位置。他的手、脚和头颈都套着沉重的木枷。木枷上生着碧绿的苔藓。壁虎、蜥蜴在他头上爬来爬去,好像他已是一具死尸。这里照说没有光,但这里根本不需要光。他一下子就看见了我们。他大睁着两眼,透过苔藓和乱草般的须眉目光炯炯地打量着那青年。他说话了,一只壁虎从他嘴边跳开去。

"如果我叫你们行恶,恶是做不得的。如果我叫你们行善,可我并未作恶呵。"他说。

我不知这是什么意思。青年凄然一笑,答道:"在黑暗中行走的人,往往需要用头颅做灯火,只为了照亮别人的路。"

范滂炯炯的目光中露出了理解、同情和欣慰。这时忽听砰的一声,一个大瓦钵扣在他头上,几只蜥蜴从木枷上震落下来。他的目光透过瓦钵的裂缝,仍在炯炯地随着我们。

我们再往前走。走着走着,先觉得四周出现了异乎寻常的亮,然后看见远处的火光,火光越来越亮,熊熊的火舌向上伸卷,在火焰中,柴堆上,站着一个须发皆白的老人。那是布鲁诺!那一年他是五十二岁。原来我们来到了十六世纪的罗马鲜花广场。布鲁诺的衣服着火了!头发也着火了!他整个成了火人!他看见我们了。他的目光是衰弱的,我却觉得它比火焰还明亮,还炽热。他对青年用力地说:

"你来了!你愿用头颅照亮世界么?"他的声音也很微弱,却也在刹那间传遍了广场。广场上观看火刑的黑压压的人群波动起来。"你愿用头颅照亮世界么?"微弱的声音在回响。我战栗了,向后缩,缩在人群中。人们挤来挤去,几乎每人都提着一个蜗壳样的东西,互相碰撞。

像受到什么力的冲击,人们自觉或不自觉地站开,让出一条路。我所追随的秀气的青年挺直了单薄的身躯,向火堆走去。

"我愿意!"他昂头答道。火光照在他那英俊的头上。这颗头颅不久便不属于他了。会属于谁呢?我不知道。"我愿意!"他的声音并不洪亮,但却穿透了广场上每一个有心人的心。

衰弱的已成为火人的布鲁诺转动着头,从容地把广场看了一遍。广场上静极了,只有火在燃烧的声音。他想张开两臂,拥抱这说"我愿意"的年轻人,拥抱这处他以极刑的世界。但他是绑着的。他长笑道:"那么永别了,环绕太阳转的地球!"他垂下了头。

火光陡地熄灭了,人群也不见了踪影。"这是应该住在天堂的人呵,他怎么在地下?"我不由得问出声来。青年不答,只管赶路。他是在走向自己的刑场。

脚扎破了,血流出来。我们行走在铺满荆棘的路上。走着走着,前面来了一队人马,荷枪实弹,拥着一位中年人。他穿着朴素的灰布长衫,踏在荆棘上,沉着地走向生命的尽头。

"我愿意。"他和青年交换了目光,也交换了思想。我们默默地站在一旁,眼看他走上一块凌空的木板,站得笔直。他的头上,是打好了结的绳索。

他的左右,忽然出现了一副对联:"铁肩担道义,妙手著文章。"我拼命睁大眼睛,想看清楚些。我不相信,连他,也给打入地狱了么?他不得不永远重复那断气时一刹那的痛苦。他为了什么?这一切,又是为了什么呢?

"总有一天,真理无须用头颅来换取。"青年对着我,自言自语。

他遂即沉着地大步向前走了,走向他自己的刑场,毕竟进入了二十世纪七十年代,人类文明多了,一颗精致的小小铅丸便能夺去人的生命,这个人的罪状只不过是说了几句自己要说的话,只不过他不愿意戴上面具,变成木偶!"我愿意!"他对我说。这一次他是看见我了!看见有这样一个苦苦追随的人,他多少有几分安慰罢。他那秀气的脸痉挛起来,他倒下了!他的头碰在水门汀地上,发出闷雷一样的声响。

"还有一个吧?"持枪的人搜索着。

我落荒而逃,跌跌撞撞,哪管脚下的荆棘乱石,眼前的深沟断涧。我一跤一跤地摔倒,再爬起来奔逃。我这平凡的头颅能作为一盏灯么?我不相信。逃呵,逃呵,我以冲锋的精神逃命。

原来地狱也是可以逃出的,只要退却便行。我又落在无边的黑暗中了。黑夜还是在流动,有浓有淡,迷迷茫茫,混沌一片。但这时挤压我的不是黑夜本身,而是我心中的空虚和寂寞。

远处忽然有一点亮光!在无边的黑夜里,感到无边的空虚和寂寞的人,才知道一点亮光的宝贵。我又以冲锋的精神向亮光跑去。亮光越来越近,显出一行摇动的灯火的队伍。我喊叫着定睛看这队伍,惊得目瞪口呆。

那是一队无头的人,各把自己的头举得高高,每个头颅发出强弱不等的光,照亮黑夜的原野。我们从古时便在那里走,他们的队伍越来越长,他们手中的灯火也越来越亮。

我又逃走了。从那伟大的行列,从那悲壮的景象边逃走了。我在荆棘丛中、乱石堆里奔跑,跑着跑着,一间圆圆的小屋挡住我的去路。我毫不思索地推门进去了。

对了,这便是我的家!可又不像是我的家。我可以缩在里面,躲避风雨。如果没有压碎圆壳的力量,我是平安的。可这里这样窄小,我只能蜷缩着,学习进入半冬眠状态,若想活动身躯,空间和氧气都不够。我蜷缩着,蓦地想起背着蜗壳的上界与下界的人。蜗壳本身,改变不了别人安排的命运。

那灯火的队伍越来越近。我从门缝中望见了那耀眼的光华。他们走过去了。一个声音问道:"你愿意用头颅照亮世界么?"紧接着是此起彼落参差不齐的回答:

"我愿意!我愿意——"声音渐渐远去了。

在远处又传来悲壮的声音,这是换了一个人在呼喊了。"你愿意用头颅照亮世界么?"

我想追出去,但我能高举着自己的头颅行走么?我这平凡的头颅能发出够亮的光么?我还是迟疑,蜷缩在蜗居里。

灯火只剩了一点亮光,快要看不见了。我怎舍得这一点光亮呢。我真希望看见不在割下的头颅里点燃的灯火,而是每个活着的头颅自由自在地散发着智慧的光辉。

"总有一天,真理无须头颅来换取。"秀气的青年对着我自言自语。我猛省地想跳起身,追出去,若是我的头颅不能发光,就让我的身躯为他们减少一点路面的坎坷,阻挡一些荆棘的刺扎也是好的。

但我竟动不了身。圆壳中的黏液粘住了我。我跺脚我挥着手臂，我拼命地挣，挣得精疲力竭，瘫软在地上。我从门缝中看见黑夜的地平线上那一队摇曳的灯火，还依稀听见远处飘摇的声音："我愿意！我愿意——"

我终于没有力气。我躺着，觉得自己在萎缩，在干瘪。有什么东西在嚼那圆壳，我在慢慢地消失。

我到了尽头。而那灯火的队伍是无尽的。

这一切都在黑夜里发生过了。既然天已黎明，又何必忌讳讲点儿古话呢！

1980年7月

原载《钟山》1981年第1期

泥沼中的头颅

这是绿色的充满生机的世界。山谷丘陵中长满各种植物。高的矮的大的小的进化的原始的，形成浩瀚的绿色的海。在万绿丛中，有着不同大小的泥沼。虽然最大的浑黄一片也不过是绿色中的一点而已。但以井蛙之见看来，是大得无边了。这泥沼远望如同有着皱纹的干裂的土地，裂缝中长出稀疏的苔藓植物，好像秃头上的几根毛发。近看时，就会发现那皱纹在缓缓移动。移着移着，一点点绿色就消失在泥浆中了。然后泥黄的波纹又从远处移来，顶着几笔沾满泥浆的绿。越过艰险，到泥沼中心的漩涡地带。

漩涡地带的泥浆打着转沉下去，似乎下面有个大漏斗。邻近却有一圈泥眼，咕嘟嘟向上冒泡儿，泥浆又不断地翻上来。这样经历了千万春秋。

不知从什么时候起，这泥沼翻滚起来，缓慢的泥波变得汹涌，迅速地起伏。有一天，远处有一簇极鲜亮的绿叶，经历了日日夜夜泥波的推拥，在正午的阳光下，旋进漩涡里了，慢慢向下沉。眼看就要淹没，忽然有件物事从漩涡里猛地顶出来，把那一点绿顶得高高的，把泥浆像拉牛皮糖一样拉了丈把高。

这件物事落在漩涡外的泥面上，自己旋转着，慢慢停住了。泥浆从它的圆顶上艰难地流下来，慢慢显出它的轮廓。这是一个人的头颅，一个人的活生生的头颅。

他大张了嘴，用力吸着泥沼上的热气，牙齿还是雪白的。黄泥糊住的眼睛露出一点缝，一线瞳仁在转动，一直看到泥沼尽头近天处。

"我看见天了！"他大声叫起来，"我又看见天了！"

泥沼在翻滚。在头颅这一声喊里，好几处泥浆向上拔起，如同石笋石峰，然后又落下去继续沸腾地活动。据说声音是可以变为力量的。而各种变化过程的痛苦，也只有亲身经历，而且磨光了一切的人才能知道。

泥波努力翻滚着，想要流向漩涡，却有一种看不出的力量把波浪顶住，向着极远处的绿色。头颅努力把眼睛睁大一些，看见从自己头顶垂下来的这一簇绿。这种小小的低级植物，也许还说不上是叶子，在覆灭之前努力地绿着，从泥浆涂抹下露出一点鲜亮。

"哦！哦！"头颅舒了一口气。"你好！到底有了浑黄以外的颜色了。你好！你可知道泥沼中的生活么？"

头颅不记得自己是怎样落入泥沼的，也许他从来就生长在泥沼中。他确切记得自己原是有个身躯的，是一个完全的人。他不喜欢这浑浊的泥浆。泥浆使人迷迷糊糊，透不过气，对任何事物都看不清楚，总是处于茫然状态。

记得有一次，他带着尚是完好的身躯参加一个学术讨论会，泥沼中学术讨论会是极多的。各种论文上涂满泥浆，难免越讨论越糊涂。他本是博学之士，除本人是土国人外，通金木水火四国外文。但他听了半天，听不懂会上诸君说的什么。最后他估计这是某一大洲的稀里哗啦语，不免去问旁边捧着最厚一摞纸、满面得色的博士。回答是："我们在讨论土国文化，说的是土国话呀！"头颅一听，大吃一惊，觉得一阵心疼，他可没有心脏病。就在这一惊一痛里，他感到远处有一个什么物事，也许是一把钥匙罢，能够改变这种泥糊状态，使人清醒。那钥匙，当然也在泥泞之中。

他迈开步子，向既定目标移动。从泥浆中挤过去，不止一次碰撞了人和物。那些人物一动不动，如同电影里的定格。他询问，请求，最后热血沸腾，难免手舞足蹈，奋力划动泥浆，而定住了的人和物仍是一动不动。

"你们怎么不说话？"他大声叫。

"我们的文化从来就是静止的呀。岂不闻万物静观皆自得！"不远处传来微弱的声音。

"你静观泥浆而自得！"头颅愤懑地继续大叫，继续奋力划动。

"你去找那位下大人吧。"仍是那微弱的声音,为了这声音,头颅一辈子都怀着感激的心情。

他往泥浆稠厚处移去,这里不是定格的局面,有些人在活动,如同电影里的慢镜头。不久就看见一个人端坐在一个台上,手臂向四面八方伸去。他明白那人是在同时接好几个电话。说的话都差不多:"你问找谁能说清这事?老实说,这事谁也说不清。"

头颅说明来意。下大人拼命想睁大眼睛。但是头顶上不断流下泥浆,把刚睁大一点的眼睛又糊上。他只好还是眯缝着眼,慢吞吞地说:"从来没听说过此等事。你这思想有点歪门邪道吧?"他努力仔细上下打量,想看出点异端的标志,"你留下,写个材料吧。"

头颅在这里站了五分钟,觉得有点不妙,等他明白应该走开时,他已经处在有尖刺的栅栏中了,好在这些都是泥制,他挤着拱着好容易逃了出来。他要找中大人或上大人去,时下的名词叫上访。他移动脚步,忽然发现脚没有了。"我的脚呢?"他吃惊地叫。周围泥浆骚动起来,有些人形在逃散,传来一阵窃窃私语声:"他没有脚!""别是什么传染病吧!"也有人凑过来,低声问带血的泥浆是否能卖大价钱。有一位还兴冲冲舀了一大勺,赶快划动手脚"跑"了。有着没有脚的身躯的头颅并非白痴,马上知道他该隐藏没有脚的事实,不能再大嚷大叫。

他去找中大人。泥浆里留下一道血痕，他一面走一面用手搅散。中大人照例胖一些，说话和气一些，泥浆涂得厚一些。仕途上到了这一级，才算是真的做了官了。好像士林中人非得到副教授头衔誓不罢休一样，那是人生中的一条线。当然仕途与士林中这一条线上的待遇是很不一样的。

中大人根本没有想睁开眼睛，只从鼻孔里哼了一声，喷出二两泥浆来，一副见多识广的模样。"这是老问题了。我们见得多了。请回原单位。"他拿过一张印好的通知，上写着："发回原单位处理。"他说话时整个人一跳一跳的，头颅好生奇怪。原来他脚下装着弹簧，用力便反弹上去，他希望弹得高一点，便用力大声嘶嚷，但是只有重复的内容：发回原单位处理或等上面批件。

头颅没有多申辩。他的腿也已经化掉了。他得赶快。他居然艰难地迂回曲折地划到了上大人面前。这头颅能做到这一点，确是有些过人之处。这时上大人正在努力运动，往东走一段又往西走一段，往南走一段又往北走一段。结果是在原地踏步。头颅静静地等了一阵，看见身旁的泥浆逐渐殷红，不远处幢幢人影有的逃开去，有的凑上来。他等不得了。

"我要到远处取一把钥匙，请给一个批件。"他挤到上大人身边，挡住去路，大声说。

上大人勉强停住脚步，喘吁吁怜悯地看着他："难道你不知道这是锁匠的事儿？"他很耐心，而且意识到自己的耐心和宽厚。

"这是人类社会的事。"头颅执拗地说。

"那也是我们关心的。"上大人真诚地说。

头颅的眼泪掉下来了，把泥浆冲出两道沟。他看清上大人罩满泥浆的脸上露出一线眼睛，目光中充满了苦恼和疲惫，厚厚的嘴唇一张一合："老实说，我的批件也没用。这么多公司，谁听我的？你看看有些董事长、经理的来头！你还是找个关系去认识一位锁匠吧。"

头颅疑心自己的耳朵也化掉了，好在还有手，揉一揉，耳朵还是以招风的形式存在。

是否应该找个关系去认识一位锁匠？头颅不知道。能立刻决定的是立刻离开这里。腿脚都没有了，移动格外艰难。他摆动两手，在泥泞中挤着，挤着，他的身躯逐渐减少。奇怪的是从最初听学术讨论会时觉得一阵心疼以后，他的身子化去一半，却并无剧烈的疼痛。也许泥浆本身有一种安抚镇定的作用。他只管挤着，饶有兴味地看着自己身边的血痕。他看着血痕渐渐加深，又渐渐消失。他只剩了一个头颅。这时称他做头颅则是百分之百的名正言顺了。

头颅在泥泞中旋转着前进。他觉得那钥匙就在不远的地方。转一周总是近一些。逃开去的和凑上前来的人形渐渐变做以好奇的眼光注视着的旁观者了。这么一个不停地旋转的非凡的头颅！也许是什么刑事犯剩下的？也许里面装着格外发达的脑细胞？新的窃窃私议渗透在泥浆中。

"这是一位伟大的思想家！"不知从哪里飘落了这样一句话，声音清晰而有分量，说话的人显然属于异国公民。

头颅忽然给一种莫名其妙的力量抬起来了。抬的方向不一，几次拉扯弄得他晕头转向。他想申辩："我不是什么家，也不是什么长，只是一个人。要加形容词的话，就是一个不完全的人。"他悲哀地想。人们不听他申辩，事实上他也没有说出声来。经过好一阵折腾，他被放在一个有着无数皱折的泥托盘上，由四个年轻人托定。旁边还站立三十二名一律糊满泥浆的人，以备换班。他们不时嗡嗡地说几句话：

"我们需要思想。"一个泥人说。

"我们需要文化。"另一个说。

头颅仔细向两旁看，发现有几位竟长着两个或三个头，像一簇簇特大黄樱桃。几张嘴同时大声问："请问我该砍掉哪个头？"

还有几位正没精打采地聊天，聊的内容是糊涂一片。他们有一个共同的特点，一说话头就从腔子里伸长出来，一伸一缩，伸长时可以看见他们的躯干是空的，泥浆从头上灌进，从脚下流出，人随着泥浆流动一沉一浮。

"你们怎么搞的？"高踞盘上的头颅可以用这种态度说话。

"我们没有办法。我们连五脏六腑都没有长全，请参观空壳。"有几个声音说。

其实也不是空壳，里面塞满了泥浆。

"那钥匙呢？"头颅说，没人理他。他忽然觉得很累很累，想休息一下。

又不知过了多久，他的下巴下面，该生颈项的地方生出一些触角，好像小尾巴。

许多小虫顺着触角往上爬。"我们爬到你的头顶上，就也是思想家了。"它们仰着头大叫。小小的头很像甲虫，又像戴着面具。向上爬一段就变得更像人。有的爬得很快，变化的速度惊人。有的爬着爬着掉了下来，搅在泥浆里不见了。

头颅觉得自己正在腐烂。他必须从腐烂里挣扎出来。他大张了嘴，一面吐着涌进来的泥浆，一面大声喊叫："我还要去找钥匙，好冲洗泥浆，你们不觉得不舒服么？"

"觉得的。"一个站班正要换班的泥人说，他的声音嘤嘤然如蚊子。他已经摸索了好久了。距离虽然短，因为泥浆中许多莫名其妙的干扰，准确地走到目的地是很不容易的。

"觉得的。"远处又有一个嘤嘤然的声音。居然透过泥浆传过来了。

头颅有些飘飘然，想要发表一通演说了。这时他看见不远处有一个模糊的人形。这人形飘忽不定，忽而附在各个不同的人身上，忽而凝聚为一个人，他全身只有一处极为清楚，就是那炯炯目光，不知有多少伏特电力，盯准谁，那泥胎上便有一处痕记。在这目光逼视下，四个擎盘的人忽然一齐扑地倒了。

头颅从盘中跌出,一直向泥沼最深处落下去。

哈!四周涌来一阵笑声,这是看见人跌落时最时兴的伴奏。

在绿丛中的泥沼仍是浑黄一片。泥波翻滚着,向着漩涡移动。

头颅从泥沼深处向上挤。头顶上的压力真像一座山,压得他要裂开。而下面也有一股泥流的力量把他往上顶。他挤呀挤呀,满头大汗不由自主地来到漩涡中心。巨大的漩涡像是旋转的固体转盘,当中是一个大漏斗。泥浆从这里漏进去,把一切东西都磨碎,再从旁边的一圈洞眼里翻出来。

"打开漏斗的底!让泥浆流光!让真正的天空、清水、空气都进来!"头颅要举起双手大喊。但他已经没有手了。他的小尾巴也已磨光,只有一个光光的头颅。

他拼命转动着,想往泥沼上面升去。但顶不过一圈又一圈旋转的泥流的力量,眼看要落入漏斗柄了。这时一簇卷入漩涡的绿色落在他头上,使他猛然清醒了许多。他从眼缝里看着那一点垂下来的绿色,觉得一切都很值得。

就在头颅掉进漏斗柄的刹那间,四面八方忽然伸出许多手来,同时有不少人发一声喊,把他从漏斗中提起,向上抛去。

这一声喊是:"留着这有思想的头罢!"

他就在这一提一举里,跳出了泥沼。

"我看见天了!我又看见天了!"他大声叫嚷了好一阵。没有应声。周围是死一般寂静。浑黄的泥沼一直延伸到天边。正午的阳光白辣辣地照着一切。头颅顶上可怜的小植物也在变黄了。

"那钥匙在哪里？"他惶惑地想。觉得自己多少算是个盲动主义者。

他给寂静包围了，寂静，而不是泥浆，压得他喘不过气来。

可是泥浆还在翻滚着，无声地，汹涌地。

忽然漩涡中心又拔起一座泥峰，从上面跳出一件物事，他慢慢转到头颅旁边停住了。

"我也是一个头颅。我的身躯在泥沼中化尽了。"这一个声音很年轻，黄泥缠住一头厚厚的黑发，"据说您是一位思想家？"它热情地问。

"知其不可而为之。"头颅一为这年轻的声音感动得要哭出来。

"知其可而更为之。"头颅二说。

两个头颅尽量睁大眼睛互相望着，流出的眼泪如晶莹的清泉，把粘住的黄泥冲落了，露出很不光洁、隐约还有些发红的面颊。这时汹涌的泥浆涌过来，夹带着几笔绿色，又有几根蕨类植物，落在两个头颅上。

1985 年 7 月

原载《小说导报》1985 年第 10 期

鲁 鲁

鲁鲁坐在地上，悲凉地叫着。树丛中透出一弯新月，院子的砖地上洒着斑驳的树影和淡淡的月光。那悲凉的嗥叫声一直穿过院墙，在这山谷的小村中引起一阵阵狗吠。狗吠声在深夜本来就显得凄惨，而鲁鲁的声音更带着十分的痛苦、绝望，像一把锐利的刀，把这温暖、平滑的春夜剪碎了。

他大声叫着，声音拖得很长，好像一阵阵哀哭，令人不忍卒听。他那离去了的主人能听见么？他在哪里呢？鲁鲁觉得自己又处在荒野中了，荒野中什么也没有，他不得不用嗥叫来证实自己的存在。

院子北端有三间旧房，东头一间还亮着灯，西头一间已经黑了。一会儿，西头这间响起窸窣的声音，紧接着房门开了，两个孩子穿着本色土布睡衣，蹑手蹑脚走了出来。十岁左右的姐姐捧着一钵饭，六岁左右的弟弟走近鲁鲁时，便躲在姐姐身后，用力揪住姐姐的衣服。

"鲁鲁，你吃饭吧，这饭肉多。"姐姐把手里的饭放在鲁鲁身旁。地上原来已摆着饭盆，一点儿不曾动过。

鲁鲁用悲哀的眼光看着姐姐和弟弟，渐渐安静下来了。他四腿很短，嘴很尖，像只狐狸；浑身雪白，没有一根杂毛。颈上套着皮项圈，项圈上拴着一根粗绳，系在大树上。

鲁鲁原是一只孤身犹太老人的狗。老人住在村上不远，前天死去了。他的死和他的生一样，对人对世没有任何影响。后事很快办理完毕。只是这矮脚的白狗守住了房子悲哭，不肯离去。人们打他，他只是围着房子转。房东灵机一动说："送给范先生养吧。这洋狗只合下江人养。"这小村中习惯地把外省人一律称作下江人。于是他给硬拉到范家，拴在这棵树上，已经三天了。

姐姐弟弟和鲁鲁原来就是朋友。他们有时到犹太老人那里去玩。他们大概是老人唯二的客人了。老人能用纸叠出整栋的房屋，各房间里还有各种摆设。姐姐弟弟带来的花玻璃球便是小囡囡，在纸做的房间里滚来滚去。老人还让鲁鲁和他们握手，鲁鲁便伸出一只前脚，和他们轮流握上好几次。他常跳上老人坐椅的宽大扶手，把他那雪白的头靠在老人雪白的头旁边，瞅着姐姐和弟弟。他那时的眼光是驯良、温和的，几乎带着笑意。

现在老人不见了，只剩下了鲁鲁，悲凉地嗥叫着的鲁鲁。

"鲁鲁，你就住在我们家。你懂中国话吗？"姐姐温柔地说。"拉拉手吧？"三天来，这话姐姐已经说了好几遍。鲁鲁总是突然又发出一阵悲号，并不伸出脚来。

但是鲁鲁这次没有哭，只是咻咻地喘着，好像跑了很久。姐姐伸手去摸他的头，弟弟忙拉住姐姐。鲁鲁咬人是出名的，一点不出声音，专门咬人的脚后跟。"他不会咬我。"姐姐说，"你咬吗？鲁鲁？"随即把手放在他头上。鲁鲁一阵颤栗，连毛都微耸起来。老人总是抚摸他，从头摸到脊背。那只大手很有力，这只小手很轻，但却这样温柔，使鲁鲁安心。他仍咻咻地喘着，向姐姐伸出了前脚。

"好鲁鲁！"姐姐高兴地和他握手。"妈妈！鲁鲁愿意住在我们家了！"

妈妈走出房来，在姐姐介绍下和鲁鲁握手，当然还有弟弟。妈妈轻声责备姐姐说："你怎么把肉都给了鲁鲁？我们明天吃什么？"

姐姐垂了头，不说话。弟弟忙说："明天我们什么也不吃。"

妈妈叹息道："还有爸爸呢，他太累了。——你们早该睡了，鲁鲁今晚不要叫了，好么？"

范家人都睡了。只有爸爸仍在煤油灯下著书。鲁鲁几次又想哭一哭，但是望见窗上几乎是趴在桌上的黑影，便把悲声吞了回去，在喉咙里咕噜着，变成低低的轻吼。

鲁鲁吃饭了。虽然有时还免不了嚎叫，情绪显然已有好转。妈妈和姐姐解掉拴他的粗绳,但还不时叮嘱弟弟,不要敞开院门。这小院是在一座大庙里,庙里复房别院,房屋很多,许多城里人迁乡躲空袭,原来空荡荡的古庙,充满了人间烟火。

姐姐还引鲁鲁去见爸爸。她要鲁鲁坐起来,把两只前脚伸在空中拜一拜。"作揖,作揖!"弟弟叫。鲁鲁的情绪尚未恢复到可以玩耍,但他照做了。"他懂中国话!"姐弟两人都很高兴。鲁鲁放下前脚,又主动和爸爸握手。平常好像什么都视而不见的爸爸,把鲁鲁前后打量一番,说:"鲁鲁是什么意思?是意绪文吧?它像只狐狸,应该叫银狐。"爸爸的话在学校很受重视,在家却说了也等于没说,所以鲁鲁还是叫鲁鲁。

鲁鲁很快也和猫儿菲菲做了朋友。菲菲先很害怕,警惕地弓着身子向后退,一面发出"呲——"的声音,表示自己也不是好惹的。鲁鲁却无一点敌意。他知道主人家的一切都应该保护。他伸出前脚给猫,惹得孩子们笑个不停。终于菲菲明白了鲁鲁是朋友,他们互相嗅鼻子,宣布和平共处。

过了十多天,大家认为鲁鲁可以出门了。他总是出去一会儿就回来,大家都很放心。有一天,鲁鲁出了门,踌躇了一下,忽然往犹太老人原来的住处走去了。那里锁着门,他便坐在门口嚎叫起来。还是那样悲凉,那样哀痛。他想起自己的不幸,他的心曾遗失过了。他努力思索老人的去向。这时几个人围过来。"嚎什么!畜生!"人们向他扔石头。他站起身跑了,却没有回家,一直下山,向着城里跑去了。

鲁鲁跑着,伸出了舌头,他的腿很短,跑不快。他尽力快跑,因为他有一个谜,他要去解开这个谜。

乡间路上没有车,也少行人。路两边是各种野生的灌木,自然形成两道绿篱。白狗像一片飘荡的羽毛,在绿篱间移动。间或有别的狗跑来,那大都是笨狗,两眼上各有一小块白毛,乡人称为四眼狗。他们想和鲁鲁嗅鼻子,或打一架,鲁鲁都躲开了。他只是拼命地跑,跑着去解开一个谜。

他跑了大半天,黄昏时进了城,在一座旧洋房前停住了。门关着,他就坐在门外等,不时发出长长的哀叫。这里是犹太老人和鲁鲁的旧住处。主人是回到这里来了罢?怎么还听不见鲁鲁的哭声呢?有人推开窗户,有人走出来看,但都没有那苍然的白发。人们说:"这是那洋老头的白狗。""怎么跑回来了!"却没有人问一问洋老头的究竟。

鲁鲁在门口蹲了两天两夜。人们气愤起来,下决心处理他了。第三天早上,几个拿着绳索棍棒的人朝他走来。一个人叫他:"鲁鲁!"一面丢来一根骨头。他不动。他很饿,又渴,又想睡。他想起那淡黄的土布衣裳,那温柔的小手拿着的饭盆。他最后看着屋门,希望在这一瞬间老人会走出来。但是没有。他跳起身,向人们腿间冲过去,向城外跑去了。

他得到的谜底是再也见不到老人了。他不知道那老人的去处,是每个人,连他鲁鲁,终究都要去的。

妈妈和姐姐都抱怨弟弟，说是弟弟把鲁鲁放了出去。弟弟表现出男子汉的风度，自管在大树下玩。他不说话，可心里很难过。傻鲁鲁！怎么能离开爱自己的人呢！妈妈走过来，把鲁鲁的饭盆、水盆摞在一起，预备扔掉。已经第三天黄昏了，不会回来了。可是姐姐又把盆子摆开。刚才三天呢，鲁鲁会回来的。

这时有什么东西在院门上抓挠。妈妈小心地走到门前听。姐姐忽然叫起来冲过去开了门。"鲁鲁！"果然是鲁鲁，正坐在门口咻咻地望着他们。姐姐弯身抱着他的头，他舔姐姐的手。"鲁鲁！"弟弟也跑过去欢迎。他也舔弟弟的手，小心地绕着弟弟跑了两圈，留神不把他撞倒。他蹭蹭妈妈，给她作揖，但是不舔她，因为知道她不喜欢。鲁鲁还懂得进屋去找爸爸，钻在书桌下蹭爸爸的腿。那晚全家都高兴极了。连菲菲都对鲁鲁表示欢迎，怯怯地走上来和鲁鲁嗅鼻子。

从此鲁鲁正式成为这个家的一员了。他忠实地看家，严格地听从命令，除了常在夜晚出门，简直无懈可击。他会超出狗的业务范围，帮菲菲捉老鼠。老鼠钻在阴沟里，菲菲着急地跑来跑去，怕它逃了，鲁鲁便去守住一头，菲菲守住另一头。鲁鲁把尖嘴伸进盖着石板的阴沟，低声吼着。老鼠果然从另一头溜出来，落在菲菲的爪下。由此爸爸考证说，鲁鲁本是一条猎狗，至少是猎狗的后裔。

姐姐和弟弟到山下去买豆腐，鲁鲁总是跟着。他很愿意咬住篮子，但是他太矮了，只好空身跑。他常常跑在前面，不见了，然后忽然从草丛中冲出来。他总是及时收住脚步，从未撞倒过孩子。卖豆腐的老人有时扔给鲁鲁一块肉骨头，鲁鲁便给他作揖，引得老人哈哈大笑。姐姐弟弟有时和村里的孩子们一起玩，鲁鲁便耐心地等在一边。似乎他对那游戏也感兴趣。

村边有一条晶莹的小溪，岸上有些闲花野草，浓密的柳荫沿着河堤铺开去。他们三个常到这里，在柳荫下跑来跑去，或坐着讲故事，住在邻省T市的唐伯伯，是爸爸的好友，一次到范家来，看见这幅画面，曾慨叹道他若是画家，一定画出这绿柳下、小河旁的两个穿土布衣裳的孩子和一条白狗，好抚一抚战争的创伤。唐伯伯还说鲁鲁出自狗中名门世族。但范家人并不关心这个。鲁鲁自己也毫无兴趣。

其实鲁鲁并不总是好听故事。他常跳到溪水里游泳。他是天生的游泳家，尖尖的嘴总是露在绿波面上。妈妈可不赞成他们到水边去。每次鲁鲁毛湿了，便责备他："你又带他们到哪儿去了！他们掉到水里怎么办！"她说着，鲁鲁挼着耳朵听着，好像他是那最大的孩子。

虽然妈妈责备，因姐姐弟弟保证决不下水，他们还是可以常到溪边去玩，不算是错误。一次鲁鲁真犯了错误。爸爸进城上课去了，他一周照例有三天在城里。妈妈到邻家守护一个病孩。妈妈上过两年护士学校，在这山村里义不容辞地成为医生。她临出门前一再对鲁鲁说:"要是家里没有你,我不能把孩子扔在家。有你我就放心了。我把他们两个交给你,行吗?"鲁鲁懂事地听着,摇着尾巴。"你夜里可不能出去,就在房里睡,行吗?"鲁鲁觉得妈妈的手抚在背上的力量,他对于信任是从不辜负的。

鲁鲁常在夜里到附近山中去打活食。这里山林茂密,野兔、松鼠很多。他跑了一夜回来,总是精神抖擞,毛皮发出润泽的光。那是野性的、生命的光辉。活食辅助了范家的霉红米饭,那米是当作工资发下来的,霉味胜过粮食的香味。鲁鲁对米中一把把抓得起来的肉虫和米饭都不感兴趣。但这几天,他寸步不离地跟着姐姐弟弟,晚上也不出去。如果第四天不是赶集,他们三个到集上去了的话,鲁鲁禀赋的狗的弱点也还不会暴露。

这山村下面的大路是附近几个村赶集的地方,七天两头赶,每次都十分热闹。鸡鱼肉蛋,盆盆罐罐,还有鸟儿猫儿,都有卖的。姐姐来买松毛,那是引火用的,一辫辫编起来的松针,买完了便拉着弟弟的手快走。对那些明知没有钱买的好东西,根本不看。弟弟也支持她,加劲地迈着小腿。走着走着,发现鲁鲁不见了。"鲁鲁。"姐姐小声叫。这时听见卖肉的一带许多人又笑又嚷:"白狗耍把戏!来!翻个筋斗!会吗?"他们连忙挤过去,见鲁鲁正坐着作揖,要肉吃。

"鲁鲁!"姐姐厉声叫道。鲁鲁忙站起来跑到姐姐身边,仍回头看挂着的牛肉。那里还挂着猪肉、羊肉、驴肉、马肉。最吸引鲁鲁的是牛肉。他多想吃！那鲜嫩的、带血的牛肉，他以前天天吃的。尤其是那生肉的气味，使他想起追捕、厮杀、自由、胜利，想起没有尽头的林莽和山野，使他晕头转向。

卖肉人认得姐姐弟弟，笑着说："这洋狗到范先生家了。"说着顺手割下一块，往姐姐篮里塞。村民都很同情这些穷酸教书先生，听说一个个学问不小，可养条狗都没本事。

姐姐怎么也不肯要，拉着弟弟就走。这时鲁鲁从旁猛地一窜，叼了那块肉，撒开四条短腿，跑了。

"鲁鲁！"姐姐提着装满松毛的大篮子，上气不接下气地追，弟弟也跟着跑。人们一阵哄笑，那是善意的、好玩的哄笑，但听起来并不舒服。

等他们跑到家，鲁鲁正把肉摆在面前，坐定了看着。他讨好地迎着姐姐，一脸奉承，分明是要姐姐批准他吃那块肉。姐姐扔了篮子，双手捂着脸，哭了。

弟弟着急地给她递手绢，又跺脚训斥鲁鲁："你要吃肉，你走吧！上山里去，上别人家去！"鲁鲁也着急地绕着姐姐转，伸出前脚轻轻抓她，用头蹭她，对那块肉没有再看一眼。

姐姐把肉埋在院中树下。后来妈妈还了肉钱，也没有责备鲁鲁。因为事情过了，责备他是没有用的。鲁鲁却竟渐渐习惯少肉的生活，隔几天才夜猎一次。和荒野的搏斗比起来，他似乎更依恋人所给予的温暖。爸爸说，原来箪食瓢饮，狗也能做到的。

鲁鲁还犯过一回严重错误,那是无可挽回的。他和菲菲是好朋友,常闹着玩。他常把菲菲一拱,让她连翻几个身,菲菲会立刻又扑上来,和他打闹。冷天时菲菲会离开自己的窝,挨着鲁鲁睡。这一年菲菲生了一窝小猫,对鲁鲁凶起来。鲁鲁不识趣,还伸嘴到她窝里,嗅嗅她的小猫。菲菲一掌打在鲁鲁鼻子上,把鼻子抓破了。鲁鲁有些生气,一半也是闹着玩,把菲菲轻轻咬住,往门外一扔。不料菲菲惨叫一声,在地上扑腾几下,就断了气。鲁鲁慌了,过去用鼻子拱她,把她连翻几个身,但她不像往日一样再扑上来,她再也不能动了。

妈妈走出房间看时,见鲁鲁坐在菲菲旁边,唧唧咛咛地叫。他见了妈妈,先是愣了一下,随即趴在地下,腹部着地,一点一点往妈妈脚边蹭。一面偷着翻眼看妈妈脸色。妈妈好不生气:"你这只狗!不知轻重!一窝小猫怎么办!你给养着!"妈妈把猫窝杵在鲁鲁面前。鲁鲁吓得又往后蹭,还是不敢站起来。姐姐弟弟都为鲁鲁说情,妈妈执意要打。鲁鲁慢慢退进了里屋。大家都以为他躲打,跟进去看,见他蹭到爸爸脚边,用后腿站起来向爸爸作揖,一脸可怜相,原来是求爸爸说情。爸爸摸摸他的头,看看妈妈的脸色,乖觉地说:"少打几下,行么?"妈妈倒是破天荒准了情,说绝不多打,不过鲁鲁是狗,不打几下,不会记住教训,她只打了鲁鲁三下,每下都很重,鲁鲁哼哼唧唧地小哭,可是服帖地趴着受打。房门、院门都开着,他没有一点逃走的意思,连爸爸也离开书桌看着鲁鲁说:"小杖则受,大杖则走。看来你大杖也不会走的。"

鲁鲁受过杖,便趴在自己窝里。妈妈说他要忏悔,不准姐姐弟弟理他。姐姐很为菲菲和小猫难受,也为鲁鲁难受。她知道鲁鲁不是故意的。晚饭没有鲁鲁的份儿,姐姐悄悄拿了水和剩饭给他。鲁鲁呜咽着舐她的手。

和鲁鲁的错误比起来,他的功绩要大得多了。一天下午,有一家请妈妈去看一位孕妇。她本来约好往一个较远的村庄去给一个病人送药,这任务便落在姐姐身上。姐姐高兴地把药装好。弟弟和鲁鲁都要跟去,因为那段路远,弟弟又不大舒服,遂决定鲁鲁陪弟弟在家。妈妈和姐姐一起出门,分道走了。鲁鲁和弟弟送到庙门口,看着姐姐的土布衣裳的淡黄色消失在绿丛中。

妈妈到那孕妇家,才知她就要临盆。便等着料理,直到婴儿呱呱坠地,一切停妥才走。到家已是夜里十点多了,只见家中冷清清点着一盏煤油灯。鲁鲁哼唧着在屋里转来转去。弟弟一见妈妈便扑上来哭了。"姐姐,"他说,"姐姐还没回家——"

爸爸不在家。妈妈定了定神,转身到最近的同事家,叫起那家的教书先生,又叫起房东,又叫起他们认为该叫的人。人们焦急地准备着灯笼火把。这时鲁鲁仍在妈妈身边哼着,还踩在妈妈脚上,引她注意。弟弟忽然说:"鲁鲁要去找姐姐。"妈妈一愣,说:"快去!鲁鲁,快去!"鲁鲁像离弦的箭一样,一下窜出好远，很快就被黑暗吞没了。

鲁鲁用力跑着。姐姐带着的草药味，和着姐姐本身的气味，形成淡淡的芳香，指引他向前跑。一切对他都不存在。黑夜，树木，路旁汩汩的流水，都是那样虚幻，只有姐姐的缥缈的气味，是最实在的。可他居然一度离开那气味，不向前过桥，却抄近下河，游过溪水，又插上小路。那气味又有了，鲁鲁一点没有为自己的聪明得意，只是认真地跑着，一直跑进了坐落在另一个山谷的村庄。

村里一片漆黑，人们都睡了。他跑到一家门前，着急地挠门。气味断了，姐姐分明走进门去了。他挠了几下，绕着院墙跑到后门，忽然又闻见那气味，只没有了草药。姐姐是从后门出来，走过村子，上了通向山里的蜿蜒小路。鲁鲁一刻也不敢停，伸长舌头，努力地跑。树更多了，草更深了。植物在夜间的浓烈气息使得鲁鲁迷惑，他仔细辨认那熟悉的气味，在草丛中追寻。草莽中的小生物吓得四面奔逃。鲁鲁无暇注意那是什么。那时便有最鲜美的活食在他嘴下，他也不会碰一碰的。

终于在一棵树下，一块大石旁，鲁鲁看见了那土布衣裳的淡黄色。姐姐靠在大石上睡着了。鲁鲁喜欢得横窜竖跳，自己乐了一阵，然后坐在地上，仔细看着姐姐，然后又绕她走了两圈，才伸前爪轻轻推她。

姐姐醒了。她惊讶地四处看着，又见一弯新月，照着黑黝黝的树木、草莽、山和石。她恍然地说："鲁鲁，该回家了。

妈妈急坏了。"她想抓住鲁鲁的项圈,但她已经太高了,遂脱下外衣,拴在项圈上。鲁鲁乖乖地引路,一路不时回头看姐姐,发出呜呜的高兴的声音。

"你知道么?鲁鲁,我只想试试,能不能也做一个吕克大梦。"①姐姐和他推心置腹地说。"没想到这么晚了。不过离二十年还差得远。"

他们走到堤上时,看见远处树丛间一闪一闪的亮光。不一会儿人声沸腾,是找姐姐的队伍来了。他们先看见雪白的鲁鲁,好几个声音叫他,问他,就像他会回答似的。他的回答是把姐姐越引越近,姐姐投在妈妈怀里时,他担心地坐在地上看。他怕姐姐要受罚,因为谁让妈妈着急生气,都要受罚的,可是妈妈只拥着她,温和地说:"你不怕醒来就见不着妈妈了么?""我快睡着时,忽然害怕了,怕一睡二十年。可是已经止不住,糊里糊涂睡着了。"人们一阵大笑,忙着议论,那山上有狼,多危险!谁也不再理鲁鲁了。

爸爸从城里回来后,特地找鲁鲁握手,谢谢他。鲁鲁却已经不大记得自己的功绩,只是这几天饭里居然放了牛肉,使他很高兴。

又过些时,姐姐弟弟都在附近学校上学了。那也是城里迁来的。姐姐上中学,弟弟上小学。鲁鲁每天在庙门口看着他们

---

① 吕克大梦,指美国前期浪漫主义作家华盛顿·欧文(1783—1859)的著名作品。小说中写一个农民瑞·普凡·温克尔上山打猎,遇见一群玩九柱戏的人,温克尔喝了他们的酒,沉睡了二十年,醒来见城郭全非。——作者注

走远，又在山坡下等他们回来。他还是在草丛里跑，跟着去买豆腐。又有一阵姐姐经常生病，每次她躺在床上，鲁鲁都很不安，好像要遇到什么危险似的。卖豆腐老人特地来说，姐姐多半得罪了山灵，应该到鲁鲁找到姐姐的地方去上供。爸爸妈妈向他道谢，却说什么营养不良、肺结核。鲁鲁不懂他们的话，如果懂得，他一定会代姐姐去拜访山灵的。

好在姐姐多半还是像常人一样活动，鲁鲁的不安总是短暂的。日子如同村边小溪潺潺的清流，不慌不忙，自得其乐。若是鲁鲁这时病逝，他就是世界上最幸福的狗了。但是他很健康，雪白的长毛亮闪闪的，身体的线条十分挺秀。没人知道鲁鲁的年纪，却可以看出，他离衰老还远。

村边小溪静静地流，不知大江大河里怎样掀着巨浪。终于有一天，日本投降的消息传到这小村，整个小村沸腾了，赛过任何一次赶集。人们以为熬出头了。爸爸把妈妈一下子紧紧抱住，使得另外三个成员都很惊讶。爸爸流着眼泪说："你辛苦了，你太辛苦了。"妈妈呜呜地哭起来。爸爸又把姐姐弟弟也揽了过来，四人抱在一起。鲁鲁连忙也把头往缝隙里贴。这个经历了无数风雨艰辛的亲爱的小家庭，怎么能少得了鲁鲁呢。

"回北平去！"弟弟得意地说。姐姐蹲下去抱住鲁鲁的头。她已经是一个窈窕的少女了。他们绝没有想到鲁鲁是不能去的。

范家已经家徒四壁，只有一双宝贝儿女和爸爸几年来在煤油灯下写的手稿。他们要走很方便。可是还有鲁鲁呢。鲁鲁留在这里，会发疯的。最后决定带他到T市，送给爱狗的唐伯伯。

经过一阵忙乱，一家人上了汽车。在那一阵忙乱中，鲁鲁总是很不安，夜里无休止地做梦。他梦见爸爸、妈妈、姐姐和弟弟都走了。只剩下他，孤零零在荒野中奔跑。而且什么气味也闻不见，这使他又害怕又伤心。他在梦里大声哭，妈妈就过来推醒他，然后和爸爸讨论："狗也会做梦么？""我想——至少鲁鲁会的。"

鲁鲁居然也上了车。他高兴极了，安心极了。他特别讨好地在妈妈身上蹭。妈妈叫起来："去！去！车本来就够颠的了。"鲁鲁连忙钻在姐姐弟弟中间，三个伙伴一起随着车的颠簸摇动，看着青山慢慢往后移；路在前面忽然断了，转过山腰，又显现出来，总是无限地伸展着。

上路第二天，姐姐就病了。爸爸说她无福消受这一段风景。她在车上躺着，到旅店也躺着。鲁鲁的不安超过了她任何一次病时。他一刻不离地挤在她脚前。眼光惊恐而凄凉。这使妈妈觉得不吉利，很不高兴。"我们的孩子不至于怎样。你不用担心，鲁鲁。"她把他赶出房门，他就守在门口。弟弟很同情他，向他详细说明情况，说回到北平可以治好姐姐的病，说交通不便，不能带鲁鲁去，自己和姐姐都很伤心；还说唐伯伯是最好的人，一定会和鲁鲁要好。鲁鲁不懂这么多话，但是安静地听着，不时舐舐弟弟的手。

T市附近，有一个著名的大瀑布。十里外便听得水声隆隆。车经这里，人们都下车到观瀑亭上去看。姐姐发着烧，还执意要下车。于是爸爸在左，妈妈在右，鲁鲁在前，弟弟在后，向亭上走去。急遽的水流从几十丈的绝壁跌落下来，在青山翠峦中形成一个小湖，水气迷蒙，一直飘到观瀑亭上。姐姐觉得那白花花的厚重的半透明的水幔和雷鸣般的轰响仿佛离她很远。她努力想走近些看，但它们越来越远，她什么也看不见了，倚在爸爸肩上晕了过去。

从此鲁鲁再也没有看见姐姐。没有几天，他就显得憔悴，白毛失去了光泽。唐家的狗饭一律有牛肉，他却嗅嗅便走开，不管弟弟怎样哄劝。这时的弟弟已经比姐姐高，是撞不倒的了。一天，爸爸和弟弟带他上街，在一座大房子前站了半天。鲁鲁很讨厌那房子的气味，哼哼唧唧要走。他若知道姐姐正在楼上一扇窗里最后一次看他，他会情愿在那里站一辈子，永不离开。

范家人走时，唐伯伯叫人把鲁鲁关在花园里。他们到医院接了姐姐，一直上了飞机。姐姐和弟弟为了不能再见鲁鲁，一起哭了一场。他们听不见鲁鲁在花园里发出的撕裂了的、变了声的嗥叫，他们看不见鲁鲁因为一次又一次想挣脱绳索，磨掉了毛的脖子。他们飞得高高的，遗落了儿时的伙伴。

鲁鲁发疯似的寻找主人，时间持续得这样久，以致唐伯伯以为他真要疯了。唐伯伯总是试着和他握手，同情地、客气地说："请你住在我家，这不是已经说好了么，鲁鲁。"

鲁鲁终于渐渐平静下来。有一天，又不见了。过了半年，大家早以为他已离开这世界，他竟又回到唐家。他瘦多了，完全变成一只灰狗，身上好几处没有了毛，露出粉红的皮肤；颈上的皮项圈不见了，替代物是原来那一省的狗牌。可见他曾回去，又一次去寻找谜底。若是鲁鲁会写字，大概会写出他怎样戴露披霜，登山涉水；怎样被打被拴，而每一次都能逃走，继续他千里迢迢的旅程；怎样重见到小山上的古庙，却寻不到原住在那里的主人。也许他什么也写不出，因为他并不注意外界的凄楚，他只是要去解开内心的一个谜。他去了，又历尽辛苦回来，为了不违反主人的安排。当然，他究竟怎样想的，没有人，也没有狗能够懂得。

唐家人久闻鲁鲁的事迹，却不知他有观赏瀑布的癖好。他常常跑出城去，坐在大瀑布前，久久地望着那跌宕跳荡、白帐幔似的落水，发出悲凉的、撞人心弦的哀号。

1980年6月

原载《十月》1980年第6期

米家山水

一

一层层青山，一丛丛绿树，都笼罩在迷茫的雾霭之中。隐约间，一条小路蜿蜒而上，通向云端，看不见了。是上天去了么？山下一片绿水，峭岸的石缝中几株斜柳，长长的柳线，拂着水面。朦胧的绿意泛在山水之间，就连那尚未着笔的空白处，也透出十分的清幽。

"萌！萌！"一个清脆的声音打破了寂静。米莲予气喘吁吁地冲进山水之中。这幅画不很大，却已占了大半个墙壁。另一面墙边支着大画案，足睡得下一个人。案头一张小砚桌，堆着画具。在笔、墨、纸、砚、山、水、石、柳之余，一张小几塞在墙角，萌正在上面写着什么。

莲予忽然停住了脚步,一手习惯地捂住胸口。她的心噗地往下沉落了一截,头也发晕,便靠着画案定了定神,随即像没事人一样,高兴地说:

"萌!你知道么,想不到的好事!"充满欢喜的声音,飘向了渺无人迹的山水。她对这种没有反应的反应早已司空见惯,等喘息定了,只管走过去靠在萌的坐椅上,伸手掩住他的稿纸。纸上许多奇怪的字形,像出自儿童幼稚的手,有着掩饰不住的天真,那是甲骨文。"对不起,打扰一下。通知我出国,上北欧,友好访问。听见没有?"

萌抬头对她微笑,他脸上的神气傻乎乎的,和甲骨文的神气有异曲同工之妙。他知道,行万里路,对每一个艺术家都是有诱惑力的。对莲予来说,北欧更是她心神向往、梦魂常到的地方。照说她应该对大英博物馆、巴黎或罗马的画廊更有兴趣。但不知怎么,却是"海的女儿"的家乡使她迷恋,她不止一次梦见海的女儿,萌曾问:"她说话么?"莲予眉尖轻挑,笑说:"她欢迎我去拜访。我要画她,当然不是临摹铜像。"

现在有了机会,怎禁得莲予高兴呢。"说话呀!你!"她轻轻推了他一下。

"果然。"萌看着她那小小的光彩的脸儿,汗水在颈上渍出一片红印,又转脸看墙上未完成的画。莲予恰好遮住了那片空白。他便从她身旁伸出手去,指了指那白得耀眼的地方。

莲予懂得他的意思。朋友们总说她是他思想的翻译。她从农村调回她的母校省艺术学院，已经两年多了。两年来她作画很勤苦。她画的是写意山水，泼墨模糊，烟云一片，再加上她那淡淡的着色，虽然功夫不深，却有浓郁的诗意和一种灵韵。许多人喜欢，便有点小名声；随之而来的是各种会议、交流座谈等等。她患风湿性二尖瓣狭窄，不能额外工作弥补占去的时间，作画进度大大减慢，萌很为她担忧。

"你怕我画不出来了么？"莲予站起身，打量墙上的画。她常常这样打量未完成的画，有时对着白纸会成半日地出神。这幅画只画了半个上午，轮廓尚未打就，已经挂了好几天了。

"我这几天忙着上课。"她解释地说，习惯地拿起大笔筒里的一支中狼毫，掂了掂，又放下了。晚上时间反正不多了，她不能熬夜，明天再说吧。对了，她的衬衫掉了扣子，长裤也开了线。邻居笑她这样热天还穿着长裤，笑她的邋遢样儿配不上她的内才。要是不用穿衣吃饭多好呵，这些事在他们这小家庭，已压缩到不能再压缩了，可她还得找衣服。

像每次一样，她把所有的衣服翻了个个儿，找出一件白衬衫，一条浅灰色西服裙，那是朋友的旧物，她折了一截，缝了半天。等到收拾停当，已经汗流浃背。萌还在写着，好像世界上存在的只有甲骨文。

"你这手不停挥的人！停一下吧。该散步了。"她招呼他。这是他们的生活制度之一。他们住在六层楼上，楼顶的平台便是这些高处居民的活动场所。星星在柔和的夜空上一闪一闪，似乎在亲切地微笑，笑他们两人时来运转。多么幸福，又多么可怜，生活中的普通菜肴对他们都是珍馐美味，难免大惊小怪。他们各自做过操，照例倚栏站着，看一会儿夜景。

这城市不很大，但灯火璀璨，也很可观。一条有小长安街之称的主干道横穿过城，两侧华灯好像开在墨海中的莲花。他们照例看到这两行灯熄灭了，几座新建的高层住宅楼的灯火立时分外明亮。他们沿着墙栏走回去，对面楼中一个雪亮的窗，吸引了两人的视线。

窗中有一个人，头发很长，光着背，背上的汗闪闪发亮。他正用全身的力量在挥舞什么。他举起它来了，那是一支大笔，笔的黑影投在墙上。莲予觉得它比普通的笔大得多。

"刘咸又在画了。"莲予轻声说。没有回答。"猜猜我正想什么？"这是她经常出的试题。

"《海的女儿》里面说，人类有一个灵魂，它会一直升向闪耀的星空。"

"几分钟前可能是，现在不是。"莲予的兴奋显然低落了。她仍望着那支大笔，那笔上凝注着心血和汗水。萌知道刘咸是艺术学院另一位有才华的国画教师，是莲予中学、大学的一贯同学，也是一贯对立面，"文化大革命"中更是势不两立。萌低头看墙栏外的两座楼间的深谷，微笑地说，"你想跨过去，告诉刘咸。"

莲予拉拉萌的臂肘，轻轻握了一下，这是五分。她一直看重刘咸的才华。她也看看楼间的深谷，黑洞洞的，摇了摇头。

从外面进来，房间里更觉闷热。热气占据了本来就小的空间，挤得他们无处存身。坐在小几旁，萌很快便忘了一切。他还要工作至少一个小时。莲予看着壁上的大画，山水间仿佛飘出了清风和水汽，有点凉意。应该画一座冰山，她想，暗自笑了。这时她倒庆幸自己生长画门，又学了画，可以"画饼充饥"。

通知她时，说得颇详细。主谈人是莫副院长。学生称他"我是外行"。莫副院长很有口才，洋洋洒洒地从外事工作重要性说起，直说到这次外事部门指名派她，一方面因她近来有些成绩，另方面因她的先父米颥的画，现在国外时兴起来，派她可以证明我们也是重视米颥的。莫副院长义愤地说，我们专把金子扔进垃圾箱，一旦外国提及，才立时又奉为宝贝。莲予不无辛酸地记起遭受磨难时锥心刺骨的想法："生在姓米的人家真是不幸。"她简直为这永不能更改的事实绝望极了。那时连宋朝的米家父子，明末清初的大小米都拉扯在她身上。虽然她根本闹不清宋明清各朝代的米有无血缘关系，她也不想专学米家山水。但她既姓米，又以画为业，她是跑不了的。

现在这米字的姓氏又成为通行证了。莲予的画风格别致，淡雅不俗，也真有了点米家山水的味道。沾染上北欧风光会怎样呢？祖先们可没有那样宽阔的眼界。她又看了看自己的画，不知为什么，眼前总有一支黑黑的大笔在晃动。那是刘咸的笔，也许刘咸更该去的，他的技巧远比她高明。她在山沟小学什么都教的那几年，刘咸留在学校，他虽忙于造反，可从未放下画笔。当然，莲予画中的灵韵是刘咸没有的，而刘咸画中的气魄也是莲予没有的。

莲予架好折床，躺了下来。她的床有一半在画案下面，每晚正好研究木板上的纹路。大大小小赭色的圆痕总使她想起在其中生活过七年的大小山峰；许多歪斜的裂痕便是崎岖的山间小路；木板上还有一条相当深的斜沟，莲予以它比拟人与人之间的隔阂。在"文化大革命"的各种斗争中，这种隔阂达到深不可测的地步，不然怎么叫"史无前例"呢！但在深沟两边的人，在是人这一点上并无二致。便连眼前的亲爱的萌，原也站在另一边——

浪费的光阴太多了。要是过去的时间全是从画笔上流走的，就好了。莲予可从不遗憾自己最初分配在山村。有时还莫名其妙地后怕。要是不分在那里，岂不是遇不见萌了么？那真不可想象！那可爱的、神圣的小山村，那纯朴的劳苦的人群，那使两个人的生命合而为一的小山村呵。它叫天门庄。在木板上是一小片深黄鱼，位于天门山上，那是最大的赭色圆形了。出了公社，得在树丛里、山沟里钻啊，转啊，有的石级直上直下，险过华山。比较起来，这些木纹太不够复杂了。奔波一天，才到天门山顶。山顶通道很窄，两侧峭壁陡立，青天一线，据说是二郎神用斧劈的。这是小山村关于自己家乡的小小神话。可惜二郎神庙也被"革"了"命",只剩得断墙残壁,还有个立旗杆的石头座子。旗杆早不知哪里去了。莲予常到这里来看落照。西面山低,落照的绮辉变幻几乎是在脚下进行的。一个雨后新晴的黄昏,山谷中云雾蒸腾,翻滚流动,好像整个山谷活了起来。太阳的余辉照得山谷中一片通明,亮得耀眼,不一时亮光褪去,云霞仿佛经过染色,团团缕缕片片层层,尽是最娇嫩的粉红、鹅黄、浅紫、淡蓝,底层透出一片树木的深绿。山谷是这样鲜丽活泼,真让人想跳下去。

莲予向前走,想去摸一摸,最好能捞几片云霞,看看能不能握在手里。忽然一只强壮的手臂拉住了她。

那便是萌了,当时的小学校长。

"我不能喊。一喊你准会掉下去。"萌说,"我曾想在这里自杀。""我可没想自杀,不过是看看。我还以为遇上强盗了。"莲予确实以为遇上了强盗,但她一点也不怕。

"我不是强盗。我是二郎神。"他们两个都笑了。笑声和着涂满彩色的云雾,在山谷间滚动。

萌仍在伏案工作,翻纸页的声音从热气中传来。他原是站在斜沟那一边的。"派性"张大了嘴看着他们。莲予很惊异这位二郎神怎么会拥护"蒋沈韩"。这三个姓连在一起的专名词,在这一地区,等于全国范围的"王关戚"。莲予对这两个专名词都深恶痛绝。

"'派性'纵贯中国历史,"历史系毕业的萌一再说服她,

"中国的大救星是团结。"

她可不是容易说服的。他们在各自想象的信仰里纠缠了许久，隔着"鸿沟"狠狠对望，几乎成为信仰上的罗密欧和朱丽叶。罗密欧轻轻收拾了文稿，走到画案前，原来那是他的床。他摸摸她的头发，关了灯。星光洒进窗来，照着那一大幅未完成的山水。

二

她曾画过许多幅未完成的山水。有那么一天，画画渐渐成为罪状。尤其是画山水的，因为用士大夫的闲情逸致腐蚀无产阶级，更是罪上加罪。大家都辍画，大声嚷闹，挥动着小红书。她那时正在临摹古人的《江干雪霁图卷》，山石用披麻皴，树亦写意，江口有松，上垂古藤。草屋中的朱色短榻十分鲜艳，到现在还红在她心里。她舍不得搁笔，她挣扎，偷着想画完这一幅。可是她画不下去，无论怎样也画不下去。勉强落下的笔迹像是打翻墨盂的污痕。她明白这是因为她失去了精神支柱。她从生下来，就渗透在她每一个细胞的对祖国的热爱，使得她每个细胞都要发疯。祖国已成了一个大监狱，她也只有在偶失束检的梦魂中，去亲近一下祖国的山山水水了。她不甘心，放下临摹，自己开始一张，又开始一张，但没有一张能完稿。她搁笔了，去参加武斗，倒安心得多。她无权参加群众组织，派性头头仿效募兵，叫她帮着准备碎砖破瓦。那样的信任，真使人感激！能不积极超额完成任务么！碎砖破瓦的用途是和刘咸一派隔楼对峙，互扔互砸，回复到洪荒时代。

木板上怎么没有可以比拟破砖头的斑点？真的，许久没有想起它们了。扔着砸着，她从后勤变成前锋。她看见老莫在对面楼上捡砖头，他那时便是什么部门的领导，一开始便亮相在造反派一边，和刘咸等密切串连，属一个总部。她看见刘咸向她瞄准，噌地一块砖头飞来，打中了她的左腕，血流出来，滴滴答答落在地上。她跑下顶楼，教室里的许多张画稿便成了绷带。血迹浸透了墨迹，使她不停地想起古画中的朱砂短榻。

派友们说刘咸是有意想打断她的手腕，让她不能握笔。"既生瑜，何生亮"的慨叹和派性一样纵贯中国历史，遍布各个行业。不过莲予不相信，她有根据。那是什么呢？

她真没想到有一天她又能以画为生，不仅是以之糊口，而且以之滋养着自己的灵魂。温柔的星光照在墙上，那幅山水更显得朦胧缥缈，淡泊悠远。这里凝聚着她自己的心血、祖先的托付和祖国山水的精魂。她每天画呵，画呵，让生命从笔端流在纸上，发出光来。真的，房间里这样亮！他们搬来快一年了，还没有挂上窗帘。

没有挂窗帘才好呢！"亮晶晶，亮晶晶，小星星。"那是母亲的儿歌里唱着的。莲予从画案下看见的一窄条天空，就有好多颗星，每一颗都在发光，不曾想打断别人的光芒。

莲予轻轻敲着木板，萌不作声，已经睡着了，他睡得晚，却总是先入梦乡。

海的女儿，这时也在望着星空么？不过那里的时差是多少？莲予想不出来。

三

米莲予讲课，常有校外的人来听，诸如中学教师、爱好美术的青年等。有人喜欢她的画，有人则以为她不知什么时候会透露点"祖传秘方"的绝招。她却有自知之明，总是抱歉地一再声明最好少耽误大家的时间。这次她讲的是皴法。她先从笔墨二字讲起，讲了简短的开场白。然后在黑板上写了"披麻皴、观麻皴、芝麻皴、大斧劈、小斧劈、云头皴、雨点皴、弹涡皴"等十六种。每一种都先讲解，后示范。因为人多，她特意把纸挂在黑板上，用大笔做出夸张的动作。虽然这都是国画的基本知识，满屋静悄悄的，没有人咳嗽一声。

最后她表演了两种父亲以前偶然用的方法："吹云"和"弹雪"，作为余兴。父亲去世时她尚未正式学画，这只是闲看，记得而已。她先用湿笔润纸，得出湿度不同的底子，再用湿绢沾了轻粉，轻轻吹在纸上，便显出浓淡，成了云层，又用小竹弓夹上粉袋在纸上弹，几下便得满纸密雪飞舞。莲予忽然高兴，略一凝神，不过淡淡几笔，便在雪中画出一树墨梅。梅朵迎着浓密的雪花，有的全绽，有的半开，有的含苞。几个学生不禁鼓起掌来。

莲予抬起眼睛，看见刘咸也聚精会神站在人群中。他们要看她在案上作画，都围拢来了。她画完了，觉得头晕，心里乱糟糟像有许多针在扎，便坐下来，等着下课。

下课前莫副院长总要总结几句，这是凡有外人听课时的例行公事。他说的无非是本院培养青年教师的经验，每次都是同样内容。有一个学生不耐烦，曾故意向他请教八大山人是哪八个人。他说："我是外行，说不全，只知道一两个。"当时哄堂大笑。他便得了"我是外行"的雅号。

好容易下了课。莫副院长叮嘱莲予下午到友协分会开会。去以前到学校来一趟，他准备了一份材料，是介绍本院情况的。莲予想到炎炎烈日下的奔波，便问能否现在带着。回答是他中午还得再看看，润饰一下。她不明白为什么得她带去，也只好答应了。

她出了校门，想起竹弓、粉袋都忘在教室里。她经常忘记小东西。萌说她没有一次出门不再回来取东西的。她回到教室，见刘咸还在，正看着那几样小东西。

"吹云、弹雪，画论里有记载。"他随意地说。

"是吗？哪一本？"

"《山静居画论》有几句。"

《山静居画论》？还回来的残存的书里好像有这书。萌整理过，莲予却没有看。她老是太累。也许这次旅行机会真该让给刘咸，他会看到更多的东西，吸收更多的东西。她每晚看见刘咸在火盆般的屋里作画，都有这种想法。

莲予一天的活动，直到晚上十点。回到家时，真不想再动一动。"你受不了。"萌说。她懒得回答。她的每根血管都像负担着千斤重物，躺了好一阵，才减少到八百斤。

"我们应该下决心做手术。"萌说。他每次都说我们做手术，好像不只莲予一人有病。

"医生说我可以的。"莲予微笑，眉尖轻挑。心里想着父亲遗画的编目、说明、翻译等问题。事情很多。"不过我可以的。"她加上一句，萌知道她说的是可以出国，不是做手术。

可怎么这样累呢？中午骑车到学校，莫副院长说他也要去，材料他自己带。莲予又骑车去开会。不久莫副院长坐着小汽车来了。在会上讲了很长的话。真佩服怎么有些人能有这么多的话说。他说了很多艺术学院的情况，说自己如何与米颢是忘年交。说莲予如何有才，只是身体不好，需要照顾。莲予觉得自己所以这样累，纯粹是他的好意闹的。

萌又进入了他的小天地，与世隔绝了。笔尖在纸上的沙沙声使莲予想起天门山顶树木的低语，风从狭窄的通道吹进来，拐到二郎神庙已很柔和，他们尽量挤时间并坐在断墙上。最初常常是在"派性"中纠缠、挣扎。"你为什么拥护'蒋沈韩'？"莲予总是愤愤不平地质问。当然也问不出所以然。她愤愤然一阵后便默然看着晚霞。渐渐地，他们不是空手坐在这里。他拿着一本来历不明的《说文解字》，她拿着没有打开的画夹。他们已经相当程度地返璞归真了。最终使萌跨越了鸿沟，还是莲予无意中激起的。

据说有人信奉独身主义，主要是为了躲避耳边的絮叨，其实这是最可爱的女子的最可爱处。莲予没有打开画夹，她闲着，舌头活动起来，她又想起来了："你为什么拥护'蒋沈韩'？"她的怨气一股劲儿往上升。眉尖扬得惊人的高。萌实在说不清为什么最初拥护一个什么东西叫蒋沈韩，大概因为响应号召吧。响应号召在那些年，已成为奋发上进的人的本能了。"九·一三"事件以后，他淡漠多了。他只想看《说文解字》，再看看落日，再看看莲予。可他连这点安静也得不到。他发火了，把《说文解字》小心地放在草地上，一把抱住了莲予，在她耳边吼道："我拥护你！还不行么！"莲予说，把人家耳鼓都震破了，所以哭了起来。

木板上的深沟两边，还有千千万万颗心呢。那不光是平面图，而是纵贯中国历史呵。历史太长了，莲予无法去问自己被安上的老祖先。她回想到中学时候，已经为派系所苦了。刚入学时，依照性别自然地成为两派，男女授受不亲，互不搭话。后来渐渐混杂编队了，但是体系依然分明。那时尚不知"文化大革命"为何物，当然无所谓流毒。莲予为自己的一派推出来争夺荣誉。另一派的代表则是刘咸。木板上模糊的一块，是那幅写意小卷吧，那是莲予十五岁时画的。烟云吞吐，林壑幽深，有着说不出的韵味。外行人还以为是哪位名家的手笔，其实那是莲予第一次分清云和水的画法。学校决定用它参加全国少年美术创作评奖。在运走前三天，画被割破了，还少了一块。她看见画上纵横交错的刀痕，还有那一块缺陷，直哭得泪人儿一般。许多人劝她不要介意，说以后还会画出更好的作品。她其实并不是哭这一幅画，她哭的是她看见人生中的可怕的一面，那是什么，她也说不清楚。

当时都说是刘咸干的。有一天刘咸在教室外等着莲予。手里拿着一把剪子和一张画。"米莲予，我来声明，"他说，"不是我干的，可那是他们为我干的。你把我的画铰了吧。"他说着递过剪子，把自己的画打开，等着她剪。莲予不知所措，想了一会儿，说："我干吗破坏你的画！我希望你们也别破坏我的画！"那时刘咸的头发也很长，乱莲蓬的。她一面只管走，一面想，这真是何苦呢！

对了，这便是根据了。虽然他以后并未拿砖头来请她瞄准。

萌从上古时代走来了，一手拿着一杯水，一手拿着安眠药。莲予渐渐迷糊了。童年时又是怎样呢？不幸得很，在她还是妮妮时，班上就分了派了。她和另外一个功课好的孩子，俨然是两派的头头。如果妮妮得了第一，这一派的孩子走起路来都格外神气。妮妮不爱做功课，情愿爬到桑葚树上坐一下午，吃得满手满嘴紫黑，有时衣服也染成桑葚的颜色。可是她为了给自己一派争气，总是努力争那第一名。一次她不慎得了第二，竟有一个孩子偷偷撕破了第一名的卷子。妮妮也没有拿出自己的卷子请那第一名撕呵。真有意思。要是星星也这样打来打去，天上岂不只有一团漆黑了么？人类的灵魂该升向哪里呢？

"亮晶晶，亮晶晶，小星星。"那是母亲教的歌。每晚母亲都站在妮妮小床边，总结一天的功过。每逢她恨声不绝地说我再也不和谁谁好了时，母亲总指给她看窗外的星空，那闪灼的温柔地眨着眼的伟大的星空！无数颗星星同时在发亮——

"你说我不去了，好么？"萌弯身看她是否入睡，她忽然睁开眼睛，问道。

"我确是不大放心。"

"身体倒还能支持。我只想如果刘咸去，收获会更多。"

"也许。——准能让他去么？"

"还能派谁？没有别人了。可是海的女儿等我呢。"莲予轻挑眉尖，一脸的笑意。

"她永远会等的，不变心。"萌说。

四

又是一个黄昏,萌回到家中,见莲予安闲地坐在藤椅上,正在打量那幅未完成的山水。那山水的清幽和着莲予娴静的姿态,使得萌遍体生凉,一天的暑热,都关在门外了。他走过去,拿过莲予手中持着的书,见是一本画论。

"顺手拿的。"莲予对他一笑。"我该读点书。"

"奇怪我怎么这样闲在?"连问题也是她代他问了。"我不去了。知道么?"

"哦。"这是回答。

"莫副院长和我商量,说考虑我的身体,打算换人。我说我正想提,下不了决心。这样倒帮我忙了。"她兴高采烈地说。

"等我们做了手术,自由自在去旅游。"萌也兴高采烈起来。他在做梦。

"我正式建议刘咸去。要带的爸爸的画,我们都准备好了。我还建议就说他是爸爸的学生,当然,如果他愿意。其实有个刘家山水不也好么!不必只是米家山水。"

萌很赞赏她的议论,轻轻拉起她,在狭窄的房间里跳起舞来。如果告诉别人萌会跳舞,还跳得不错,谁也难以置信。可萌和莲予每逢什么喜庆事儿,总要跳上几步,转几个圈。也许萌觉得那比说话简单些。他们都如释重负,十分轻松。亲热地互相望着,好像久别重逢,想尽管望下去。

"我来做个菜,你今晚别工作,行吗?"从他们搬到这里,莲予就说做个菜。起先是庆祝新居,后来遇到两人生日也要说一说。但都是精神会餐,连那饼也懒得画的。萌对她的豪言壮语置之一笑。他的目光落向了砚桌上堆积的笔墨纸砚。那方松皮石砚,石色墨绿,看去如同古松皱皮,摸起来却十分光润;磨起墨来如漆如油,着笔腻滑,不粘不涩。莲予的同事们常说,这砚台本身便在涌出灵感。

萌捧起砚台,到厨房去冲洗了。"亲爱的画童——"莲予总在心里这样叫他。她也拿起一大束画笔,一支支冲洗。然后根据大小式样,吊在一排排笔架上,有的则插在大笔筒里。他们感到那样宁静,那样喜悦,那样满足。画上清风习习,心头火光熠熠。他们正为创作准备献上自己的灵魂。这小房间,此时是极乐世界。

有人敲门。进来的是刘咸。他说莫副院长要那份北欧美术材料,托他次日带去,然后好奇地问:"听说你不去了?身体不行吗?"

莲予等他宣布他去,但他只说些别的话。莲予一面翻找材料,一面问:"莫副院长要材料做什么?"

"他去!你不知道么?这一回,'我是内行'!"刘咸脸上露出了尖刻和不屑,他的这种神情莲予还是第一次看见。

刘咸拿着材料走了,萌和莲予都有些惶惑。是为了刘咸不去而莫副院长去？还是为了那尖刻和不屑的神情？他们对看了一下，笑了。这和他们有什么关系？他们共同的小天地多么宽广，他们各自的创作天地更是像宇宙一样，神奇、美好，没有边际。

莲予舒畅地睡了一觉。天刚黎明，她发现萌已在小桌前就座了。她伏在他肩上，看那天真无邪的字，那是一篇关于甲骨文的文章，就要脱稿了。那幅未完成的山水，已经平铺在画案上，洗涤一新的笔砚，件件神采焕发，像在向她招手。

莲予提起笔来，凝神半晌，先在空白处画上一片松林。随着她的笔墨，远山缥缈，近水逡巡。还有那柳丝松针的绿，都融在一起，满纸泛起又幽静又活泼的生意。简直静到骨子里，如同入定的老僧；又活泼得如那不可捉摸的思想，使人想起仙女嫦娥的衣袂。莲予在想，要不要添上一双上天的人形？那是他们要攀上天门庄。——不必了。她和萌宁愿化作山水中的泥土，静悄悄地为人铺平上天的道路。

朝霞绚烂，照着小房间里一片宁静自得。这是中国文化的最高境界。莲予一笔一笔地画着。她会画出许多张不只完成而且成功的画，而且她终究会在温柔地照耀着全世界的无边的星空里，同海的女儿见面。

1980年4月初稿，7月改稿
原载《收获》1981年第5期

红豆

天气阴沉沉的，雪花成团地飞舞着。本来是荒凉的冬天的世界，铺满了洁白柔软的雪，仿佛显得丰富了，温暖了。江玫手里提着一只小箱子，在 X 大学的校园中一条弯曲的小道上走着。路旁的假山，还在老地方。紫藤萝架也还是若隐若现地躲在假山背后。还有那被同学戏称为阿木林的枫树林子，这时每株树上都积满了白雪，真是"忽如一夜春风来，千树万树梨花开"了。雪花迎面扑来，江玫觉得又清爽又轻快。她想起六年以前，自己走着这条路，离开学校，走上革命的工作岗位时的情景，她那薄薄的嘴唇边，浮出一个微笑。脚下不觉愈走愈快，那以前住过四年的西楼，也愈走愈近了。

江玫走进了西楼的大门，放下了手中的箱子，把头上紫红色的围巾解下来，抖着上面的雪花。楼里一点声音也没有，静悄悄的。江玫知道这楼已作了单身女教职员宿舍，比从前是学生宿舍时，自然不同。只见那间门房，从前是工友老赵住的地方，门前挂着一个牌子，写着"传达室"三个字。

"有人么？"江玫环顾着这熟悉的建筑，还是那宽大的楼梯，还是那阴暗的甬道，吊着一盏大灯。只是墙边布告牌上贴着"今晚团员大会"的布告，又是工会基层选举的通知，用红纸写着，显得喜气洋洋的。

"谁呀？"一个苍老的声音从传达室里发出来。传达室门开了，一个穿着干部服的整洁的老头儿，站在门口。

"老赵！"江玫叫了一声，又高兴又惊奇，跑过去一把抱住了他。"你还在这儿！"

"是江玫？"老赵几乎不相信自己昏花的老眼，揉了揉眼睛，仔细看着江玫。"是江玫！打前儿个总务处就通知我，说党委会新来了个干部，叫给预备一间房，还说这干部还是咱们学校的学生呢，我可再也没想到是你！你离开学校六年啦，可一点没变样，真怪，现时的年轻人，怎么再也长不老哇！走！领你上你屋里去，可真凑巧，那就是你当学生时住的那间房！"

老赵絮絮叨叨领着江玫上楼。江玫抚着楼梯栏杆，好像又接触到了六年以前的大学生生活。

这间房间还是老样子，只是少了一张床，多了些别的家具。窗外可以看到阿木林，还有阿木林后面的小湖，在那里，夏天时，是要长满荷花的。江玫四面看着，眼光落到墙上嵌着的一个耶稣受难像上。那十字架的颜色，显然深了许多。

好像是有一个看不见的拳头，重重地打了江玫一下。江玫觉得一阵头昏，问老赵："这个东西怎么还在这儿？"

"本来说要取下来，破除迷信，好些房间都取下来了。后来又说是艺术品让留着，有几间屋子就留下了。"

"为什么要留下？为什么要留下这一间的？"江玫怔怔地看着那十字架，一歪身坐在还没有铺好的床上。

"那也是凑巧呗！"老赵把桌上的一块破抹布捡在手里。"这屋子我都给收拾好啦，你归置归置，休息休息。我给你张罗点开水去。"

老赵走了。江玫站起身来，伸手想去摸那十字架，却又像怕触到使人疼痛的伤口似的，伸出手又缩回手，怔了一会儿，后来才用力一揿耶稣的右手，那十字架好像一扇门一样打开了。墙上露出一个小洞。江玫踮着脚尖往里看，原来被冷风吹得绯红的脸色刷地一下变得惨白。她低声自语："还在！"遂用两个手指，钳出了一个小小的有象牙托子的黑丝绒盒子。

江玫坐在床边，用发颤的手揭开了盒盖。盒中露出来血点儿似的两粒红豆，镶在一个银丝编成的指环上，没有耀眼的光芒，但是色泽十分匀静而且鲜亮。时间没有给它们留下一点痕迹。

江玫知道这里面有多少欢乐和悲哀。她拿起这两粒红豆，往事像一层烟雾从心上升了起来——

那已经是八年以前的事了。那时江玫刚二十岁，上大学二年级。那正是一九四八年，那动荡的翻天覆地的一年，那激动、兴奋，流了不少眼泪，决定了人生的道路的一年。

在这一年以前，江玫的生活像是山岩间平静的小溪流，一年到头潺潺地流着，很少波浪。她生长于小康之家，父亲做过大学教授，后来做了几年官。在江玫五岁时，有一天，他到办公室去，就再没有回来过。江玫只记得自己被送到舅母家去住了一个月，回家时，看见母亲如画的脸庞消瘦了，眼睛显得惊人的大，看去至少老了十年。据说父亲是患了急性肠炎去世了。以后，江玫上了小学上中学，上了中学上大学。日寇入侵的那段水深火热的日子，江玫也在母亲的尽力遮蔽下较平静地度过。在中学时，有一些密友常常整夜叽叽喳喳地谈着知心话。上大学后，因为大家都是上课来，下课走，不参加什么活动的人简直连同班同学也不认识，只认识自己的同屋。江玫白天上课弹琴，晚上坐图书馆看参考书，礼拜六就回家。母亲从摆着夹竹桃的台阶上走下来迎接她，生活就像那粉红色的夹竹桃一样与世隔绝。

一九四八年春天，新年刚过去，新的学期开始了。那也是这样一个下雪天，浓密的雪花安安静静地下着。江玫从练琴室里走出来，哼着刚弹过的调子。那雪花使她感到非常新鲜，她那年轻的心充满了欢乐。她走在两排粉装玉琢的短松墙之间，简直想去弹动那雪白的树枝，让整个世界都跳起舞来。她伸出了右手，自己马上觉得不好意思，连忙缩了回来，掠了掠鬓发，按了按母亲从箱子底下找出来的一个旧式发夹。发夹是黑白两色发亮的小珠串成的，还托着两粒红豆，她的新同屋肖素说好看，硬给她戴在头上的。

在这寂静的道路上，一个青年人正急速地向练琴室走来。他身材修长，穿着灰绸长袍，罩着蓝布长衫，半低着头，眼睛看着自己前面三尺的地方，世界对于他，仿佛并不存在。也许是江玫身上活泼的气氛，脸上鲜亮的颜色搅乱了他，他抬起头来看了她一眼。江玫看见他有着一张清秀的象牙色的脸，轮廓分明，长长的眼睛，有一种迷惘的做梦的神气。江玫想，这人虽然抬起头来，但是一定没有看见我。不知为什么，这个念头，使她觉得很遗憾。

晚上，江玫躺在床上，久久不能入睡。许多片断在她脑中闪过。她想着母亲，那和她相依为命的老母亲，这一生欢乐是多么少。好像有什么隐秘的悲哀在过早地染白她那一头丰盛的头发。她非常嫌恶那些做官的和有钱的人，江玫也从她那里承袭了一种清高的气息。那与世隔绝的清高，江玫想想，忽然好笑了起来。

江玫自己知道，觉得那种清高好笑是因为想到肖素的缘故。肖素是江玫这一学期的新同屋。同屋不久，可是两人已经成为很要好的朋友。肖素说江玫像是从另一个世界来的，清高这个词儿也是肖素说的，她还说："当然，这也有好处也有不好处。"这些，江玫并不完全了解。只不知为什么，乱七八糟的一些片断都在脑海中浮现出来。

这屋子多么空！肖素还不回来。江玫很想看见她那白中透红的胖胖的面孔，她总是给人安慰、知识和力量。学物理的人总是聪明的，而且她已经四年级了，江玫想。但是在肖素身上，好像还不只是学物理和上到大学四年级，她还有着更丰富的东西，江玫还想不出是什么。

正乱想着，肖素推门进来了。

"哦！小鸟儿！还没有睡！"小鸟儿是肖素给江玫起的绰号。

"睡不着。直希望你快点回来。"

"为什么睡不着？"肖素带回来一个大萝卜，切了一片给江玫。

"等着吃萝卜，——还等着你给讲点什么。"江玫望着肖素坦白率真的脸，又想起了母亲。上礼拜她带肖素回家去，母亲真喜欢肖素，要江玫多听肖姐姐的话。

"我会讲什么？你是幼儿园？要听故事？吆，给你本小书看看。"江玫接过那本小书，书面上写着《方生未死之间》。

两人静静地读起书来了。这本书很快就把江玫带进了一个新的天地。它描写着中国人民受的苦难，在血和泪中，大家在为一种新的生活——真正的丰衣足食，真正的自由——奋斗，这种生活，是大家所需要的。

"大家？——"江玫把书抱在胸前，沉思起来。江玫的二十年的日子，可以说全是在那粉红色的夹竹桃后面度过的。但她和母亲一样，憎恶权势，憎恶金钱。母亲有时会流着泪说："大家都该过好日子，谁也不该屈死。"母亲的"大家"在这本小书里具体化了。是的，要为了大家。

"肖素，"江玫靠在枕上说，"我这简单的人，有时也曾想过人活着是为了什么，但想不通。你和你的书使我明白了一些道理。"

"你还会明白得更多。"肖素热切地望着她。"你真善良——你让我忘记刚才的一场气了，刚刚我为我们班上的齐虹真发火——"

"齐虹？他是谁？"

"就是那个常去弹琴，老像在做梦似的那个齐虹，真是自私自利的人，什么都不能让他关心。"

肖素又拿起书来看了。

江玫也拿起书来，但她觉得那清秀的象牙色的脸，不时在她眼前晃动。

雪不再下了。坚硬的冰已经逐渐变软。江玫身上的黑皮大衣换成了灰呢子的，配上她习惯用的红色的围巾，洋溢着春天的气息。她跟着肖素，生活渐渐忙起来。她参加了"大家唱"歌咏团和"新诗社"。她多么喜欢那"你来我来他来她来大家一齐来唱歌"的热情的声音，她因为《黄河大合唱》刚开始时万马奔腾的鼓声兴奋得透不过气来。她读着艾青、田间的诗，自己也悄悄写着什么"飞翔,飞翔,飞向自由的地方"的句子。"小鸟"成了大家对她的爱称。她和肖素也更接近,每天早上一醒来,先要叫一声"素姐"。

她还是天天去弹琴,天天碰见齐虹,可是从没有说过话。本来总在那短松夹道的路上碰见他,后来常在楼梯上碰见他,后来江玫弹完了琴出来时,总看见他站在楼梯栏杆旁,仿佛站了很久了似的,脸上的神气总是那样漠然。

有一天天气暖洋洋的,微风吹来,丝毫不觉得冷,确实是春天来了。江玫在练琴室里练习贝多芬的《月光曲》,总弹也弹不会,老要出错,心里烦躁起来,没到时间就不弹了。她走出琴室,一眼就看见齐虹站在那里。他的神色非常柔和,劈头就问:

"怎么不弹了?"

"弹不会。"江玫多少带了几分诧异。

"你大概太注意手指的动作了。不要多想它,只记着调子,自然会弹出来。"

他在钢琴旁边坐下了,冰冷的琴键在他的弹奏下发出了那样柔软热情的声音。换上别的人,脸上一定会带上一种迷醉的表情,可是齐虹神采飞扬,目光清澈,仿佛现实这时才在他眼前打开似的。

"这是怎么样的人?"江玫问着自己。"学物理,弹一手好钢琴,那神色多么奇怪。"

齐虹停住了，站起来，看着倚在琴边的江玫，微微一笑。

"你没有听？"

"不，我听了。"江玫分辩道，"我在想——"想什么，她自己也不知道。

"我送你回去，好么？"

"你不练琴？"

"不想练。你看天气多么好！"

就这样，他们开始了第一次的散步，就这样，他们散步，散步，看到迎春花染黄了柔软的嫩枝，看到亭亭的荷叶铺满了池塘。他们曾迷失在荷花清远的微香里，也曾迷失在桂花浓酽的甜香里，然后又是雪花飞舞的冬天。哦！那雪花，那阴暗的下雪天！——

齐虹送她回去，一路上谈着音乐，齐虹说："我真喜欢贝多芬，他真伟大，丰富，又那样朴实。每一个音符上都充满了诗意。"

江玫懂得他的"诗意"含有一种广义的意思。她的眼睛很快地表露了她这种懂得。

齐虹接着说："你也是喜欢贝多芬的。不是吗？据说肖邦最不喜欢贝多芬，简直不能容忍他的音乐。"

"可我也喜欢肖邦。"江玫说。

"我也喜欢。那甜蜜的忧愁——人和人之间是有很多相同的也有很多不同的东西——"那漠然的表情又来到他的脸上。

"物理和音乐能把我带到一个真正的世界去,科学的、美的世界,不像咱们活着的这个世界,这样空虚,这样紊乱,这样丑恶!"

他送她到西楼,冷淡地点了点头就离开了,根本没有问她的姓名。江玫又一次感到有些遗憾。

晚上,江玫从图书馆里出来,在月光中走回宿舍。身后有一个声音轻轻唤她:"江玫!"

"哦!是齐虹。"她回头看见那修长的身影。

"你怎么知道我的名字?"齐虹问。月光照出他脸上热切的神气。

"你怎么知道我的名字?"江玫反问。她觉得自己好像认识齐虹很久了,齐虹的问题可以不必回答。

"我生来就知道。"齐虹轻轻地说。

两人都不再说话。月光把他们的影子投在地上。

以后,江玫出来时,只要是一个人,就总会听到温柔的一声"江玫"。他们愈来愈熟。不知从什么时候起,从图书馆到西楼的路就无限度地延长了。走啊,走啊,总是走不到宿舍。江玫并不追究路为什么这样长,她甚至希望路更长一些,好让她和齐虹无止境地谈着贝多芬和肖邦,谈着苏东坡和李商隐,谈着济慈和勃朗宁。他们都很喜欢苏东坡的那首《江城子》:"十年生死两茫茫,不思量,自难忘,千里孤坟,无处话凄凉。"他们幻想着十年的时间会在他们身上留下怎样的痕迹。

他们谈时间、空间，也谈论人生的道理——

齐虹说："人活着就是为了自由。自由，这两个字实在好极了。自就是自己，自由就是什么都由自己，自己爱做什么就做什么。这解释好吗？"

他的语气有些像开玩笑，其实他是认真的。

"可是我在书里看见，认识必然才是自由。"江玫那几天正在看《大众哲学》。"人也不能只为自己，一个人怎么活？"

"呀！"齐虹笑道，"我倒忘了，你的同屋就是肖素。"

"我们非常要好。"

因为看到路旁的榆叶梅，齐虹说用热闹两字形容这种花最好。江玫很赞赏这两个字，就把自由问题搁下了。

江玫隐约觉得，在某些方面，她和齐虹的看法永远也不会一致。可是她并没有去多想这个，她只喜欢和他在一起，遏止不住地愿意和他在一起。

一个礼拜天，江玫第一次没有回家。她和齐虹商量好去颐和园。春天的颐和园真是花团锦簇，充满了生命的气息。来往的人都脱去了臃肿的冬装，显得那样轻盈可爱。江玫和齐虹沿着昆明湖畔向南走去，那边简直没有什么人，只有和暖的春风和他们做伴。绿得发亮的垂柳直向他们摆手。他们一路赞叹着春天，赞叹着生命，走到玉带桥旁边。

"这水多么清澈，多么丰满啊。"江玫满心欢喜地向桥洞下面跑去。她笑着想要摸一摸那湖水。齐虹几步就追上了她，正好在最低的一层石阶上把她抱住。

"你呀!你再走一步就掉到水里去了!"齐虹掠着她额前的短发,"我救了你的命,知道么?小姑娘,你是我的。"

"我是你的。"江玫觉得世界上什么都不存在了。她靠在齐虹胸前,觉得这样撼人的幸福渗透了他们。在她灵魂深处汹涌起伏着潮水似的柔情,把她和齐虹一起溶化。

齐虹抬起了她的脸:"你哭了?"

"是的。我不知为什么,为什么这样激动——"

齐虹也激动地望着她,在清澈的丰满的春天的水面上,映出了一双倒影。

齐虹喃喃地说:"我第一次看见你,就是那个下雪天,你记得么?我看见了你,当时就下了决心,一定要永远和你在一起,就像你头上的那两粒红豆,永远在一起,就像你那长长的双眉和你那双会笑的眼睛,永远在一起。"

"我还以为你没有看见我——"

"谁能不看见你!你像太阳一样发着光,谁能不看见你!"齐虹的语气是这样热烈,他的脸上真的散发出温暖的光辉。

他们循着没有人迹的长堤走去,因为没有别人而感到自由和高兴。江玫抬起她那双会笑的眼睛,悄声说:"齐虹,咱们最好去住在一个没有人的岛上,四面是茫茫的大海,只有你是唯一的人——"

齐虹快乐地喊了一声,用手围住她的腰。"那我真愿意!

我恨人类！只除了你！"

对于江玖来说，正是由于深切的爱，才想到这样的念头，她不懂齐虹为什么要联想到恨，未免有些诧异地望着他。她在齐虹光亮的眼睛里感到了热情，但在热情后面却有一些冰冷的东西，使她发抖。

齐虹注意到她的神色，改了话题：

"冷吗？我的小姑娘？"

"我只是奇怪，你怎么能恨——"

"你甜蜜的爱，就是珍宝，我不屑把处境和帝王对调。"齐虹顺口念着莎士比亚的两句诗，他确是真心的。可是江玖听来，觉得他对那两句诗的情感，更多于对她自己。她并没有多计较，只说是真有些冷，柔顺地在他手臂中，靠得更紧一些。

江玖的温柔的衰弱的母亲不大喜欢齐虹。江玖问她："他怎么不好？他哪里不好？"母亲忧愁地微笑着，说他是聪明极了，也称得起漂亮，但作为一个人，他似乎少些什么，究竟少些什么，母亲也说不出。在江玖充满爱情的心灵里，本来有着一个奇怪的空隙，这是任何在恋爱中的女孩子所不会感到的。而在江玖，这空隙是那样尖锐，那样明显，使她在夜里痛苦得不能入睡。她想马上看见他，听他不断地诉说他的爱情。但那空隙，是无论怎样的诉说也填不满的罢。母亲的话更增加了江玖心上的阴影。更何况还有肖素。

红五月里，真是热闹非凡。每天晚上都有晚会。五月五日，是诗歌朗诵会。最后一个朗诵节目是艾青的《火把》。江玫担任其中的唐尼。她本来是再也不肯去朗诵诗的，她正好是属于一听朗诵诗就浑身起鸡皮疙瘩的那种人。肖素只问了她两句话："喜欢这首诗不？""喜欢。""愿意多有一些人知道它不？""愿意。""那好了。你去念罢。"江玫拂不过她，最后还是站到台上来了。她听到自己清越的声音飘在黑压压的人群上，又落在他们心里。她觉得自己就是举着火把游行的唐尼，感觉到一种完全新的东西、陌生的东西。而肖素正像是指导着唐尼的李茵。她愈念愈激动，脸上泛着红晕。她觉得自己在和上千的人共同呼吸，自己的情感和上千的人一同起落。"黑夜从这里逃遁了，哭泣在遥远的荒原。"那雄壮的齐诵好像是一种无穷的力量，推着她，使她想要奔跑，奔跑——

回到房间里，她对肖素说："我今天忽然懂得了大伙儿在一起的意思，那就是大家有一样的认识，一样的希望，爱同样的东西，也恨同样的东西。"

肖素直看着她，问道："你和齐虹有一样的认识，一样的期望么？"

江玫很怪肖素这时提到齐虹，打断了她那些体会，她那双会笑的眼睛严肃起来："我真不知道怎样告诉你，我和齐虹，照我看，有很多地方，是永远也不会一致的。"

肖素也严肃地说："本来是不会一致。小鸟儿，你是一个好女孩子，虽然天地窄小，却纯洁善良。齐虹憎恨人，他认为无论什么人彼此都是互相利用。他有的是疯狂的占有的爱，事实上他爱的还是自己。我和他已经同学四年——"

"你怎么能这样说他！我爱他！我告诉你我爱他！"江玫早忘了她和齐虹之间的分歧，觉得有一团火在胸中烧，她斩钉截铁地说，砰的一声关上房门，到走廊里去了。

"回来！回来。"第一声是严厉的，第二声是温柔的。肖素打开房门，看见她站在走廊里，眼睛像星星般亮。"你这礼拜天回家吗？有点事要你做。"

江玫是从不拒绝肖素的任何要求的。她隐约觉得肖素正在为一个伟大的事业做着工作，肖素的生活是和千百万人联系在一起的，非常炽热，似乎连石头也能温暖。她望着肖素，慢慢走了回来。

"什么事？交给我办好了。"

"你不回家么？"

"原来想回去看看。听说面粉已经涨到三百万一袋了。前几天《大公报》登了几首小诗，有一点稿费，想去送给母亲。"江玫一下子觉得疲倦得要命，坐在椅子上。

肖素本来想说"不食人间烟火的江玫也知道关心物价了"，又一想，就没有说。只说：

"这里有几篇壁报稿子，礼拜一要出，你来把它们修改一遍，文字上弄通顺些，抄写清楚。我明天进城，可以把钱送给伯母。"她把稿子递给江玫,关心地看着她,说:"过两天,咱们还要好好谈一谈。"

礼拜天,江玫吃过早饭就坐在桌旁看那些稿子。为什么这些短短的、文字并不怎么通顺的文章这样有说服力?要民主反饥饿,像钟声一样在江玫耳边敲着。参加新诗朗诵会的兴奋心情又升起来了。《火把》中的唐尼的形象仿佛正站在窗帘上。

有人敲门。

"江玫!"是齐虹的声音。

江玫转过头去,正是齐虹站在门口,一脸温柔的笑意,在看着江玫。

"哦!你来了!"

"昨天晚上到你家里去了,伯母说你没有回来。我连家也没有回,就回学校来了。"他走上来握住江玫的手。

一提起齐虹的家,江玫眼前就浮现出富丽堂皇的大厅,老银行家在数着银元,叮叮当当响,这和江玫手上的那些文章很不调和。甚至齐虹,这温文尔雅的齐虹,也和它们很不调和,但江玫看见他,还是很高兴的。

"在干什么?要出壁报么?听说你还朗诵诗?你怎么也参加民主运动了?我的女诗人!"

江玫不太喜欢他那说话的语气,颔首要他坐下。

"我是来找你出去玩的。你看天气多么好!转眼就是夏天了。我来接你到'绝域'去做春季大扫除。"

"绝域"是他们两个都喜欢的一个童话"潘波得"中的神仙领域。他们的爱情就建筑在这些并不存在的童话、终究要萎谢的花朵、要散的云、会缺的月上面。

"今天不行呀,齐虹。"江玫抱歉地说。抽回了自己的手,理了理放在桌上的稿子。"肖素要我——"

"肖素!又是肖素!你怎么这么听她的话!"齐虹不耐烦地说。

"她的话对么!"

"可是你知道我多么想和你在一起,去听那新生的小蝉的叫唤,去看那新长出来的小小的荷叶——我想要怎样,就要做到!"齐虹脸上温柔的笑意不见了,好像江玫是他的一本书,或者一件仪器。

江玫惊诧地望着他。

"也许,你还会去参加游行罢!你真傻透了!就知道一个肖素!"忿怒的阴云使他的脸变得很凶恶。但他马上又换上一副温和的腔调:"跟我去罢,我的小姑娘。"

江玫咬着自己的嘴唇,几乎咬出血来。

门外有人叫:"小鸟儿!江玫!快来看看这幅漫画,合适不合适。"

江玫想要出去。齐虹却站在桌前不放她走。江玫绕到桌子这边,齐虹也绕了过来,照旧拦住她。江玫又急又气,怎么推他也推不动,不一会儿,江玫的头发散乱,那红豆发夹落在地上,马上就被齐虹那穿着两色镶皮鞋的脚踩碎了,满地散着黑白两色的小珠。江玫觉得自己整个的灵魂正像那个发夹一样给压碎了。她再没有一点力气,屈辱地伏在桌子上哭起来。

齐虹需要的正是这样的哭泣。他捡起那两粒红豆,极其体贴地抚着她的肩:"原谅我,原谅我!我太任性,我只是说不出地要和你在一起,我需要你——"

"别哭了,别哭了,我的小姑娘。"齐虹真的着急起来,"我再也不惹你生气了,再也不——再也不——"

江玫觉得这一切真没意思。她很快就抬起头来,擦干了眼泪。她看出来壁报是编不成了,但她也下定决心不跟他出去。只呆呆地坐着,望着窗外。

"好了,好了,不要生气。我来做个盒子把这两粒红豆装起来罢。做个纪念,以后绝不会再惹你。咱们该把这两粒红豆藏在哪儿?"

以后,这两粒红豆就被装在一个精致的盒子里面,放在耶稣像后面的小洞里了。那小洞是齐虹偶然发现的。江玫睡在床上看见耶稣的像,总觉得他太累,因为他负荷着那么多人世间的痛苦。

这一次争吵以后,齐虹和江玫并不是再也不,而是把争吵、哭泣,变成了他们爱情中的一部分。他们每次见面总有一阵风波,有时大有时小,但如有一天不见面,不看到听到对方的音容笑貌,在他们却又是受不了的事。他们的爱情正像鸦片烟一样，使人不幸，而又断绝不了。江玫一天天地消瘦了，苍白了，母亲望着她忍不住哭。齐虹脸上那种漠不关心的神气消失了，换上的是提心吊胆的急躁和忧愁。因为他对人生不信任，他对爱情也不信任，他监视着爱情，监视着幸福，监视着江玫——

就在这个时候，江玫也一天天明白了许多事。她知道少数人剥削多数人的制度该被打倒。她那善良的少女的心，希望大家都过好的生活。而且物价的飞涨正影响着江玫那平静温暖的小天地。母亲存着一些积蓄的那家银行忽然关了门。江玫和母亲一下子变成舅舅的负担了。江玫是绝不愿意成为别人的负担的。她渴望着新的生活，新的社会秩序。共产党在她心里，已经成为一盏导向幸福自由的灯，灯光虽还模糊，但毕竟是看得见的了。

也就在这时候，江玫的母亲原有的贫血症愈来愈严重，医生说必须加紧治疗，每天注射肝精针，再拖下去的话，后果不堪设想。但是这一笔医药费用筹办起来谈何容易！舅舅已经是自顾不暇了，难道还去麻烦他？本来和齐虹一提也可以，但是江玫决不愿求他。江玫只自己发愁，夜里睡不着觉。

肖素很快就看出来江玫有心事。一盘问，江玫就一五一十告诉了她。

"那可不能拖下去。"肖素立刻说，她那白白的脸上的神色总是那样果断。"我输血给她！小鸟儿，你看，我这样胖！"

她含笑弯起了手臂。

江玫感动地抱住了她:"不行,肖素。你和我的血型一样,和母亲不一样,不能输血。"

"那怎么办?我们总得想办法去筹一笔款子。"

第三天晚上,肖素兴高采烈地冲进房间。一进来就喊:"江玫!快看!"江玫吃惊地看她,她大笑着,扬起了一沓钞票。

"素!哪里来的?你怎么这样有本事?"江玫也笑了,笑得那样放心。这种笑,是齐虹极想要听而听不到的。

"你别管,明天快拿去给伯母治病吧。"肖素眨眨眼睛,故作神秘地说。

"非要知道不可!不然我不安心!"

"别说了。我要睡觉了。"肖素笑过了,一下子显得很是疲倦。她脱去了朴素的蓝外套,只穿着短袖花布旗袍,坐在床边上。

江玫上下打量她,忽然看见她的臂弯里贴着一块橡皮膏。江玫过去拉起她的手,看看橡皮膏,又看看她的脸。

"有什么好打量的?"肖素微笑着抽回了手,盖上了被。

"你——抽了血?"

肖素满不在乎地说:"我卖了血。不止我一个人,还有几个伙伴。"

人常常会在一刹那间,也许只是因为一个眼神一个手势,伤透了心，破坏了友谊。人也常常会在一刹那间，也许就因为手臂上的一点针孔，建立了死生不渝的感情。江玫这时什么话也说不出来。她一下子跪在床边，用两只手遮住了脸。

礼拜六，江玫一定要肖素自己送钱去给母亲。肖素答应了和江玫一道回家，江玫也答应了肖素不告诉母亲钱的来源。两人欢欢喜喜回家去了。到了家，江玫才发现母亲已经病倒在床，这几天饭都是舅母那边送过来的。她站在衰老病弱的母亲床边，一阵心酸，眼泪夺眶而出。肖素也拿出了手绢。但她不只是看见这一位母亲躺在床上，她还看见千百万个母亲形销骨立心神破碎地被压倒在地下。

这一晚，两人自己做了面，端在母亲床边一同吃了。母亲因为高兴，精神也好了起来。她吃过了面，笑着问："我真是病得老了，今天你舅母来，问我有火没有，我听成有狗没有。直告诉她从前咱们养了一只狗，名叫斐斐——"肖素和江玫听了笑得不得了。江玫正笑着，想起了齐虹。她想：这种生活和感情是齐虹永远不会懂的。她也没有一点告诉给他的欲望。

六月，反对美国扶植日本的运动达到了高潮。江玫比以前更关心当前的政治局势。她感到美国正在筹谋着什么坏主意。很明显，扶植压迫中国人民八年之久的日本，在每一个中国人心上都会引起抑止不住的忿怒。

有一天，肖素和江玫坐在窗前，读着当时美驻华大使司徒雷登在报上发表的声明，一面读一面生气。声明中说："如使日人成为饥饿不安之人民，则日人亦将续为和平之威胁，此种情形适为共产主义所需。如吾人诚意为一般之利益计，必须消灭鼓励共产主义之因素。"这很可以看清楚美国的目的究竟何在了。读完报纸，江玫愤愤地说：

"要不要共产主义，是我们自己的事！"

肖素微笑道："你知道共产主义是什么？"

江玫坦率地说："我不知道。不过我想那种生活总不会比现在坏。那时的人，都像你一样——"

肖素又笑道："现在哪里不够好？你吃着大米饭，穿的花布旗袍，还坏么？"

江玫轻倚着肖素，一面想，一面说："这个人吃人的社会，不只在物质上，也在精神上。"她出了一会儿神，又说，"肖素，要知道，我是多么寂寞呵。"

肖素抚着她的肩，说："人生的道路，本来不是平坦的。要和坏人斗争，也要和自己斗争——"以后江玫在最困难的时候，总会想起这几句话。

六月九日，北京学生举行反美扶日大游行，江玫也参加了。

那天早上，窗外还黑得像老鸦的翅膀，江玫就起来收拾医药包，她是救护队的。她看着肖素空了一夜的床，又看看救护包上的红十字，心想肖素这一夜不知忙得怎样了，也许今天就会用这包里的绷带纱布来救护她罢。不知为什么，江玫特别为肖素和几个社团里的同学担心,江玫摸摸碘酒和红药水的药瓶,心中又兴奋,又不安。

"小鸟儿快走呀!"同学在门外叫起来了。

她们跑到操场上,夏天的太阳刚在东柳村那边村庄的屋顶上射出一片红光。肖素正在人丛里,她分明是一夜没有睡,胖胖的面庞有些苍白,但精神还是那样好。她看见江玫和同学们跑来,脸上闪过一个嘉许的微笑。

"江玫!"

"肖素!"江玫悄悄地塞给她一个大苹果,那是齐虹昨天送来的。对于齐虹不断向西楼运来的各式各样的礼物,江玫只偶尔接受一点水果和糖食。

长长的队伍出发了,举着各种标语,沉默地走在郊外的大道上,愈走天愈亮,愈走路愈分明,一个男同学问江玫:"药包重吗?我代你拿。"江玫微笑,说:"一个兵士的枪,能让人家代他背着吗?"那男同学也微笑,看着她穿着白衬衫蓝长裤红背心的雄赳赳的样子,问:"你永远都要做一个兵?"江玫严肃地睁大眼睛,略微一想,她回答:

"是的,永远。"

队伍七点钟就到了西直门,可是城门关了,进不去。人群中有人喊着:"不开城门,决不回校!"有的喊着:"大家冲呵,冲进去!"一时群情激昂,人声嘈杂,那些标语牌子忽高忽低地起伏着。肖素在队伍里跑来跑去叫着:"别嚷!别乱!

已经去交涉了。"江玫忽然很希望自己是一个手执拂尘的仙女，用拂尘一指，城门马上便开——自己这样想想，又觉得好笑，还是等肖素他们交涉，肖素比仙女有用得多。

果然到九点钟时，城门开了，队伍拥进城去，正遇到城里几个大学的同学拥在门前迎接他们。"同学们，你好！""兄弟们，你好！"热情的呼声，此起彼落，江玫觉得泪水已冲到了眼睛里，她连忙低下头，看着自己的鞋尖。

游行开始了，大家一步步地走着，一声声地喊着。"反对美国扶植日本！""要自由！""要独立！"口号像炸弹一样在空中炸了开来，路旁有些军警脸上带着惊慌的神色，江玫几乎来不及想喊了什么，只觉得每一步路每一声喊都使大家更接近光明——

队伍走过了西四西单天安门，绕南池子到北京大学的民主广场。走过天安门的时候，江玫望着那雄伟的建筑，心里升起一种怜悯而又惭愧的心情。天安门在不肖的子孙手里，蒙受了多少耻辱。江玫觉得那剥落的红墙也在盼望着：新的社会快点来，让中华民族站起来，让天安门也站起来！

在民主广场举行了群众大会，有几个教授讲演。也许是累了，也许是别的原因，江玫觉得思想很不集中，那种兴奋和激动已经过去了。她惦记着那黄昏笼罩了的初夏的校园，惦记着自己住的西楼，说得更确切些，她是惦记着在西楼窗下徘徊的那个年轻人。天知道他会急成什么样子，会发多么大的脾气，会做出怎样的事来！她把肩上挎的药包紧了一紧，感觉到一阵头昏。

肖素走过来，低声问："你不舒服么？"

"没有，一点儿都没有！"江玫连忙振起了精神。自己暗暗责骂自己，在这样的场合，偏会想到他！

大队回到学校时，灯光已经缀满校园。江玫回到房间里，两腿再也抬不起来，像是绑上了两块大石头。这时有人敲门，江玫心中一紧，感到一场风暴就要发生了，她靠在床栏杆上，默默地啜着热水。门开了，进来的是老赵。他的眉头皱得打了结，手里拿着一个破碎的糖盒子，往桌上一放说：

"哎哟江小姐！可真不得了啦！我活了这么大年纪也没见过脾气这么火暴的人！你们这位齐先生别是用公鸡血喂大的罢？他要死了，准得下冰冻地狱把人镇凉了才行，要不然连阎王殿都给烧啦！"

"什么'你们齐先生'？别这么说。他怎么了？你快说呀。"江玫放下了手中的杯子。

"今儿个下午他来找您，我说江小姐游行去了。他一听，就把他带来的这盒糖扔到大门外台阶上了，像是扔球似的！盒子破了，糖都滚了出来，我看这盒糖呀，值一袋面的钱，心里怪舍不得，我说：'齐先生，江小姐不在，你给东西留下得了，干吗发这么大的火呀？'他一听更急了，一张脸煞红煞白，抄起门房的一个茶杯就摔在玻璃窗上，哗啦！你瞧瞧这满地的玻璃碴子！我看他是有点儿疯病！摔完了拔腿就走，还扔在台阶上三百万的票子，那是让我们修玻璃买茶杯？您说是不是？"

"别说了。"江玫无力地挥手，"就补块玻璃买个茶杯罢。"

"这糖，我看怪可惜了的，给您捡了来了。"

"你带回家去，那不是我的，我不要。"

这时肖素已经进来了，把这一段话都听了去。她一回来就洗脸洗脚，都收拾好了就伏在桌上写什么。而江玫还靠在床栏杆上，一动也不动。

肖素停下笔来："你干什么？小鸟儿！你这样会毁了自己的。看出来了没有？齐虹的灵魂深处是自私残暴和野蛮，干吗要折磨自己？结束了吧，你那爱情！真的到我们中间来，我们都欢迎你，爱你——"肖素走过来，用两臂围着江玫的肩。

"可是，齐虹——"江玫没有完全明白肖素在说什么。

"什么齐虹！忘掉他！"肖素几乎是生气地喊了起来，"你是个好孩子，好心肠，又聪明能干，可是这爱情会毒死你！忘掉他！答应我！小鸟儿。"

江玫还从没有想到要忘掉齐虹。他不知怎么就闯入了她的生命，她也永不会知道该如何把他赶出去。她迟钝地说："忘掉他——忘掉他——我死了，就自然会忘掉。"

肖素真生她的气："怎么这样说话！好好儿要说到死！我可想活呢，而且要活得有价值！"她说着，颜色有些凄然。

"怎么了？素姐！"细心而体贴的江玫一眼就看出有什么

不平常的事。对肖素的关心一下子把自己的痛苦冲了开去。

肖素望着窗外,想了一会儿,说:"危险得很。小鸟儿。我离开你以后,你还是要走我们的路,是不是?千万不要跟着齐虹走,他真会毁了你的。"

"离开我?"江玫一把抱住了肖素。"离开我?为什么!我要跟你在一起!"

"我要毕业了呀,家里要我回湖南去教书。"肖素似真似假地回答。她是湖南人,父亲是个中学教员。

"毕业?"

"是毕业呀。"

可是肖素并没有能毕业,当然也没有回湖南去教书。她去参加毕业考试的最后一项科目,就没有回来。

同学们跑来告诉江玫时,江玫正在为"英国小说选读"这一门课写读书报告,读的书是英国女作家艾米莉·勃朗特的《呼啸山庄》。江玫和齐虹常常谈论这本书。齐虹对这本书有那么多精辟的见解,了解得那样透彻,他真该是最懂得人生、最热爱人生的,但是竟不然——

肖素被捕的消息一下子就把江玫从《呼啸山庄》里拉出来了。江玫跳起来夺门而出,不顾那精心写作的读书报告撒得满地。好些同学跟她一起跑出了西楼,一直跑到学校门口,只看见一条笔直的马路,空荡荡的,望不到头。路边的洋槐发散着淡淡的香气。江玫手扶着一棵洋槐树,连声问:"在哪儿?在哪儿?"一个同学痛心地说:"早装上闷罐子车,这会子到了警察局了。"江玫觉得天旋地转,两腿再没有一点力气,一下子就坐在地上了。大家都拥上来看她,有的同学过来搀扶她。

"你怎么了?"

"打起精神来,江玫!"

大家喊喊喳喳在说着。是谁愤愤的声音特别响:"流血,流泪,逮捕,更教人睁开了眼睛!"

"是呀!"江玫心里说,"逮走一个肖素,会让更多的人都长成肖素。"

江玫弄不清楚人群怎样就散开了,而自己却靠在齐虹的手臂上,缓缓走着。

齐虹对她说:"我们系里那些同学嚷嚷着江玫晕倒了,我就明白是为了那肖素的缘故,连忙赶来。"

"对了。你们不是一起考理论物理吗?听说她是在课堂上被抓走的。"江玫这时多么希望谈谈肖素。

"是在考试时被抓走的。你看,干那些民主活动,有什么好下场!你还要跟着她跑!我劝你多少次——"

"什么!你说什么!"江玫叫了起来,她那会笑的眼睛射出了火光。"你!你真是没有心肝!"她把齐虹扶着她的手臂用力一推,自己向宿舍跑去了。跑得那么快,好像后面有什么妖魔鬼怪在追着她。

她好容易跑到自己房间,一下子扑在床上,半天喘不过气

来。这时齐虹的手又轻轻放在她肩上了。齐虹非常吃惊,他不懂江玫为什么会发这么大的脾气,他曲着一膝伏在床前说:

"我又惹了你吗?玫!我不过忌妒着肖素罢了,你太关心她了。你把我放在什么地方?我常常恨她,真的,我觉得就是她在分开咱们俩——"

"不是她分开我们,是我们自己的道路不一样。"江玫抽噎着说。

"什么?为什么不一样?我们有些看法不同,我们常常打架,我的脾气,确实不好。不过,那有什么关系,反正我只知道,没有你就不行。我还没有告诉你,玫,我家里因为近来局势紧张,预备搬到美国去,他们要我也到美国去留学。"

"你!到美国去?"江玫猛然坐了起来。

"是的。还有你,玫。我已经和父亲说到了你,虽然你从来都拒绝到我家里去,他们对你都很熟悉。我常给他们看你的相片。"齐虹得意地拿出他随身携带的小皮夹子,那里面装着江玫的一张照片,是齐虹从她家里偷去的。那是江玫十七岁时照的,一双弯弯的充满了笑意的眼睛,还有那深色的嘴唇微微翘起,像是在和谁赌气。"我对他们说,你是一首最美的诗,一支最美的乐曲——"若是说起赞美江玫的话来,那是谁也比不上齐虹的。

"不要说了。"江玫辛酸地止住了他。"不管是什么,可不能把你留在你的祖国呵。"

"可是你是要和我一块儿去的,玫,你可以接着念大学,我们要永远在一起,没有任何东西能分开我们。"

"不要说了,不要说了。"这是江玫唯一能说的话。

心上的重压逼得江玫走投无路。她真怕看肖素留下的那张空床,那白被单刺得她眼睛发痛。没有到礼拜六,她就回家去了。那晚正停电,母亲坐在摇曳的烛光下面缝着什么,在阴影里,她显得那样苍老而且衰弱,江玫心里一阵发痛,无声地唤着"心爱的母亲,可怜的母亲",眼泪不由自主地流了下来。

"玫儿!"母亲丢了手中的活计。

"妈妈!肖素被捉走了。"

"她被捉走了?"母亲对女儿的好朋友是熟悉的。她也深深爱着那坦率纯朴的姑娘,但她对这个消息竟有些漠然,她好像没有知觉似的沉默着,坐在阴影里。

"肖素被捉走了。"江玫又重复了一遍。她眼前仿佛看见一个殷红的圆圆的面孔。

"早想得到呵。"母亲喃喃地说。

江玫把手中的书包扔到桌上,跑过来抱住母亲的两腿。"您知道?"

"我不知道,但我想得到。"母亲叹了一口气,用她枯瘦的手遮住自己的脸,停了一下,才说:"我一直没有告诉你。我想着,没有父亲的日子,对我的小女儿来说,已经够受的了,怎能再加上别的缘故,让你的日子更沉重。——要知道你的父亲,十五年前,也是这样不明不白地就再没有回来。他从来也没有害过什么肠炎胃炎,只是那些人说他思想有毛病。他脾气倔,不会应酬人,还有些别的什么道理,我不懂,说不明白。他反正没有杀人放火,可我们就这样糊里糊涂地再也看不见他了——"母亲说着,失声痛哭起来。

原来父亲并不是死于什么肠炎!无怪母亲常常说不该有一个人屈死。屈死!父亲正是屈死的!江玫几乎要叫出来。她也放声哭了,母亲抚着她的头,眼泪浇湿了她的头发——

从父亲死后,江玫只看见母亲无言流泪,还从没有看见她这样激动过。衰弱的母亲,心底埋藏了多少悲痛和仇恨!江玫觉得母亲的眼泪滴落在她头上,这眼泪使得她平静下来了。是的,难道还该要这屈死人的社会么?彷徨挣扎的痛苦离开了她,仿佛有一种大力量支持着她走自己选择的路。她把母亲粗糙的手搁在自己被泪水浸湿的脸颊上,低声唤着:"父亲——我的父亲——"

门轻轻开了,烛光把齐虹的修长的影子投在墙上,母亲吃惊地转过头去。江玫知道是齐虹,仍埋着头不做声。齐虹应酬地唤了一声"伯母",便对江玫说:

"你怎么今天回家来了?我到处找你找不着。"

江玫没有理他,抬头告诉母亲:"他要到美国去。"

"是要和江玫一块儿去,伯母。"齐虹抢着加了一句。

"孩子,你会去吗?"母亲用颤抖的手摸着女儿的头。

"您说呢?妈妈。"江玫抱住母亲的双膝,抬起了满是泪痕的脸。

"我放心你。"

"您同意她去了?伯母?"人总是照自己所期待的那样理解别人的话,齐虹惊喜万分地走过来。

"母亲放心我自己做决定。她知道我不会去。"江玫站起来,直望着齐虹那张清秀的象牙色的脸。齐虹浑身上下都滴着水,好像他是游过一条大河来到她家似的。

可是齐虹自己一点不觉得淋湿了,他只看见江玫满脸泪痕,连忙拿出手帕来给她擦,一面说:"咱们别再闹别扭了,玫,老打架,有什么意思?"

"是下雨了吗?"母亲包起她的活计,"你们商量罢,玫儿,记住你的父亲。"

"我不知道下雨了没有。"齐虹心不在焉地回答,他没有看见江玫的母亲已经走出房去,他的眼睛一刻都没有离开江玫。

江玫呆呆地瞪着他,尽他拭去了脸上的泪,叹了一口气,说:

"看来竟不能不分手了。我们的爱情还没有能让我们舍弃自己的一生。"

"我们一定会过得非常舒适而且快活——为什么提到舍弃,为什么提到分手?"齐虹狂热地吻着他最熟悉的那有着粉红色指甲的小手。

"那你留下来!"江玫还是呆呆地看着他。

"我留下来?我的小姑娘,要我跟着你满街贴标语,到处去游行么?我们是特殊的人,难道要我丢了我的物理和音乐,我的生活方式,跟着什么群众瞎跑一气,扔开智慧,去找愚蠢!傻心眼的小姑娘,你还根本不懂生活,你再长大一点,就不会这样天真了。"

"傻心眼?人总还是傻点好!"

"你一定得跟我走!"

"跟你走,什么都扔了。扔开我的祖国,我的道路,扔开我的母亲,还扔开我的父亲!"江玫的声音细若游丝,她自己都听不见自己在说什么。说到父亲两字,她的声音猛然大起来,自己也吃了一惊。

"可是你有我。玫!"齐虹用责备的语气说。他看见江玫眼睛里闪耀着一种亮得奇怪的火光,不觉放松了江玫的手。紧接着一阵遏止不住的渴望和激怒,使他抓住了江玫的肩膀。他压低了声音,一字一字地说:"我恨不得杀了你,把你装在棺材里带走。"

江玫回答说:"我宁愿听说你死了,不愿知道你活得不像个人。"

风呼啸着,雨滴急速地落着。疾风骤雨,一阵比一阵紧,忽然哗啦一声响,是什么东西摔碎了。齐虹把江玫搂在胸前,借着闪电的惨白的光辉，看见窗外阶上的夹竹桃被风刮到了阶下。江玫心里又是一阵疼痛，她觉得自己的爱情，正像那粉碎了的花盆一样，像那被吹落的花朵一样，永远不能再重新完整起来，永远不能再重新开在枝头。

这种爱情，就像碎玻璃一样割着人。齐虹和江玫，虽然都把话说得那样决绝，却还是形影相随。花池畔，树林中，不断地增添着他们新的足迹。他们也还是不断地争吵，——流泪。

十月里东北局势紧张，解放军排山倒海地压来，解放了好几个城市。当时蒋介石提出的方针是："维持东北，确保华北，肃清华中。"虽然对华北是确保，但华北的"贵人"们还是纷纷南迁。齐虹的家在秋初就全部飞南京转沪赴美了，只有齐虹一个人留在北平。他告诉家里说论文还有点尾巴没写好，拿不到毕业文凭，而实际上，他还在等着江玫回心转意。他根本不相信江玫可能不跟他走。他，齐虹，这样的齐虹，又在发疯地爱着的齐虹！在那执拗的江玫面前，他不止一次想，若真能把她包扎起来带走该有多好！他脸上的神色愈来愈焦愁、紧张，眼神透露着一种凶恶。这些都常在黑夜里震荡着江玫的梦。

江玫的梦现在已不是那种透明的、颜色非常鲜亮的少女的梦了。局势的变化、肖素的被捕、齐虹的爱，以及自己的复杂的感情，使她多懂了许多事。在抗议"七五"事件（国民党屠杀东北来的青年学生）的游行里，她已经不再当救护队，而打着"反剿民，要活命，要请愿"的大标语走在队伍的前列了。

她领头喊着"为死者申冤,为生者请命"的口号,她奇怪自己的声音竟会这样响。她想到,在死者里面有她的父亲;在生者里面有母亲、肖素和她自己。她渴望着把青春贡献给为了整个人类解放的事业,她渴望着生活来一次翻天覆地的变动。

后来据肖素说(肖素在解放后出狱,在广播电台做播音员,向全世界广播北京的声音),那时的地下组织原打算发展江玫参加地下民主青年联盟的,只是她和齐虹的感情,让人闹不清她究竟爱什么、憎恶什么,就搁下来了。江玫听说这话,只轻轻叹了口气。

一九四八年冬天,北平已经到了解放前夕。城里流传着这样的民谣:"家家挂红灯,迎接毛泽东。"连最沉得住气的反动官员们、大亨们也都纷纷逃走了。齐虹家里几乎是一天一封电报催他走,并且代他订了飞机座位。那时江玫的中心工作是和同学们一起讨论怎样应"变",宣传护校。她为即将来到的解放,感到兴奋,好像等待着一件期待已久的亲人的礼物,满怀着感情,幻想解放后的日子。而同时,她和齐虹那注定了的无可挽回的分别啮咬着她的心。她觉得自己的心一面在开着花,同时又在萎缩。

一天,齐虹进城去了,直到晚上还没有露面。江玫坐在图书馆里,一页书也没有看,进来一个人她就抬头,可是直到电灯关了,齐虹还是不见。她忽然想,很可能他已经走了。走了,永远再也见不到他了。可是江玫一定还要再看他一眼,最后一眼!"齐虹!齐虹!"江玫几乎要叫出来,叫得全图书馆都听见。她连忙紧咬着嘴唇,快步走出了图书馆。

那是那一年冬天的第一个下雪天。路上的雪还没有上冻,灯光照在雪花上,闪闪刺人的眼。江玫一直向北楼走去,她想看一看那正对着一棵白杨树梢的窗子,有没有灯光。那个房间她从没有去过,可是那窗口她却十分熟悉。齐虹常对她讲窗口的白杨树叶的沙沙声怎样伴着他度过多少不眠的夜。透过飞舞着的迷乱的雪花,她一下子就找到那棵白杨树,而那白杨树梢的窗口,漆黑一片,没有灯光。

江玫的心沉了下去。她两腿发软,站在北楼前,一动不动。

也许他从城里回来太累,已经去睡了?也许他还没有回来?江玫快步走进了北楼,走到齐虹的房间,她敲门又推门,门是锁着的。

"难道再见不着他了?真见不着他了!"江玫走出北楼,心里在大声哭泣。她完全没有看见新诗社的一个同学从她身边走过,也没有听见人家在唤着"小鸟儿"。

好容易走到西楼,江玫真是一点力气都没有了。她想找个地方靠一靠再上楼,一眼看见自己房间里有灯光。那房间,自从肖素被抓去以后,是那样空,那样冷,晚上进去总是黑洞洞的。这时竟点着灯,这灯光温暖了江玫,她三步两步跑上去,在门外就叫着:"虹!"

果然是齐虹在房间里等她，满脸的焦急使他看上去苍老了许多。他一看见江玫，连忙迎上来握着她的手，疲倦地、也多少有些安心地说："你到底回来了！我以为我再也见不着你了。"

江玫没有回答。她怕自己会把刚才那一番焦急向他倾吐，会让他明白她多离不开他。而他却就要走了，永远地走了。

"明天一早的飞机，今晚就要去机场。"齐虹焦躁地说，"一切都已经定了，怎么样？咱们就得分别么？"

"分别？——永远不能再见你——"江玫看着那耶稣受难的像，她仿佛看见那像后的两粒红豆。

"完全可以不分别，永不分别！玫！只要你说一声同我一道走，我的小姑娘。"

"不行。"

"不行！你就不能为我牺牲一点！你说过只愿意跟我在一起！"

"你自己呢？"江玫的目光这样说。

"我么！我走的路是对的。我绝不能忍受看见我爱的人去过那种什么'人民'的生活！你该跟着我！你知道么！我从来没有这样求过人！玫！你听我说！"

"不行。"

"真的不行么？你就像看见一个临死的人而不肯去救他一样，可他一死去就再也不会活转来了。再也不会活了！走开的人永远也不会再回来。你会后悔的,玫!我的玫!"他用力摇着江玫的肩。

"我不后悔。"

齐虹看着她的眼睛,还是那亮得奇怪的火光。他叹了一口气,"好,那么,送我下楼罢。"

江玫温柔地代他系好围巾,拉好了大衣领子,一言不发,送他下楼。

纷飞的雪花在无边的夜里飘荡,夜,是那样静,那样静。他们一出楼门,马上开过来一辆小汽车。从车里跳出一个魁梧的司机。齐虹对司机摇摇手,把江玫领到路灯下,看着她,摇头,说:"我原来预备抢你走的。你知道么?你看,我预备了车,飞机票也买好了。不过,我看了出来,那样做,你会恨我一辈子。你会的,不是么?"他拿出一张飞机票,也许他还希望江玫会忽然同意跟他走,迟疑了一下,然后把它撕成几瓣。碎纸片混在飞舞的雪花中,不见了。"再见!我的玫。我的女诗人!我的女革命家!"他最后几句话,语气非常尖刻。江玫看见他的脸因为痛苦而变了形,他的眼睛红肿,嘴唇出血,脸上充满了烦躁和不安。江玫忽然想起,第一次看见他时,他脸上那种漠不关心、什么都看不见的神情。

江玫想说点什么,但说不出来,好像有千把刀子插在喉头。她心里想:"我要撑过这一分钟,无论如何要撑过这一分钟。"觉得齐虹冰凉的嘴唇落在她的额上,然后汽车响了起来。

周围只剩了一片白,天旋地转的白,淹没了一切的白——

她最后对齐虹说的一句话就是"我不后悔"。

江玫果然没有后悔。那时称她革命家是一种讽刺,这时她已经真的成长为一个好的党的工作者了。解放后又渐渐健康起来的母亲骄傲地对人说:"她父亲有这样一个女儿,死得也不算冤了。"

雪还在下着。江玫手里握着的红豆已经被泪水滴湿了。

"江玫!小鸟儿!"老赵在外面喊着。"有多少人来看你啦!史书记,老马,郑先生,王同志,还有小耗子——"

一阵笑语声打断了老赵不伦不类的通报。江玫刚流过泪的眼睛早已又充满了笑意。她把红豆和盒子放在一旁,从床边站了起来。

1956 年 12 月
原载《人民文学》1957 年第 7 期